小学館文庫

猫に嫁入り
～忘れじの約束～

沖田 円

小学館

もくじ

千年の昔の大昔。この世には、凶悪なあやかしが蔓延《はびこ》っていた。

あやかしは夜ごと大暴れし、人々を恐怖へ陥れる。人は、恐れながらも立ち向かい、すべてのあやかしを悪として滅する。途方もない争いの繰り返される、混沌《こんとん》とした時代が続いていたのである。

だがあるとき、千鶴《ちづる》という名の人間と、彼女を愛した一体の鬼とが、あやかしの世と人の世とを別《わ》ける巨大な門を築き上げた。人を襲う凶悪なあやかしは、門を隔てた先にある幽世《かくりよ》と呼ばれる地へ移され、人の世——現世《うつしよ》との行き来を厳格に管理されるようになる。

その門——通称、幽世の門の出現により、現世からは恐ろしいあやかしが消え去った。人と、人に害を為《な》さない穏やかなあやかしたちが気ままに生きる現世には、以降、千年経《た》っても続く安寧が訪れるのだった。

そして現代。

主人であった千鶴の言いつけを守り幽世の門を管理し続けている猫又の燐《りん》は、人の嫁を貰《もら》った。

さてこれは、千年を生きるあやかしの燐と、燐に嫁入りしたごくごく普通の人間、弥琴《みこと》との、ささやかで騒がしい結婚生活の物語である。

第一話

友の呼び声

「お、今日もいい天気が続くみたい」

顔を洗い終え、寝巻きから着物に着替えた弥琴は、スマートフォンで天気予報のチェックをしていた。メインで表示されるようにしているのは弥琴が以前住んでいた地域の情報だ。今日は降水確率ゼロパーセント。一日中気持ちよく晴れると予報が出ている。

もちろん、弥琴が現在暮らしているこの黄泉路横丁《よみじよこちょう》にスマートフォンの情報は当てはまらない。なぜならここは、現世にありながらも人の住む世界とは隔離された、あやかしの生きる街だからである。

黄泉路横丁は、現世と幽世とを隔てる門——幽世の門の周囲にあやかしが集まり自然と作られた街だ。別の世へ渡るための通り道でもあるから『黄泉路』、と誰かが呼び始め、いつからかそれが横丁の名として定着したという。

町家の建ち並ぶ真《ま》っ直《す》ぐな通りは、昼間こそ静かだが、夜になるとあやかしたちが騒ぎ出し宴会を始める。妖《あや》しく灯《とも》る提灯《ちょうちん》の下、毎夜祭りのように歌い踊るあやかしの姿は、いたく愉快にも見えるし、ひどく恐ろしくも見えた。

弥琴は横丁にやって来て初めてあやかしの宴会を見たとき、恐怖のあまり膝を抱えて震えた。だが、いざこの街で暮らし、あやかしたちに触れてみれば、陽気で気のいいものたちばかりで、弥琴はすぐに横丁のものたちを好きになったのだった。

さて、ごくごく普通の元社畜である弥琴が、なぜあやかしの棲《す》む横丁で暮らしているのかと言えば、いろいろあったりなかったりして幽世の門の管理番である猫又のもとへ嫁ぐことになったからであるのだが。

それでもやはり、弥琴は人間であり、また燐の仕事を手伝う過程で黄泉路横丁から人の世へ出かける機会も度々ある。なので、あやかしと共に生きているからといって人間社会に無頓着になってしまうことのないよう、弥琴は現世の情報を常に気にかけるようにしているのである。

横丁にはテレビがなく、新聞配達も来ないので、情報収集はもっぱらスマートフォン頼りであった。弥琴の持っている狐《きつね》印のスマートフォンは、不思議なことに黄泉路横丁にいても使うことができる。弥琴を燐と引き合わせた結婚相談所の相談員、狐塚《こづか》から、結婚祝いとしてもらったものである。

弥琴はこのスマートフォンを重宝していた。黄泉路横丁にいながら人の世の情報を得られるのは便利だ。おかげで、朝一番に天気予報などを確認するのが弥琴の日課となっていた。

「ん？」

今日の天気を確認し終え、次にニュースの欄を見ていると、とある事故に関する記事が目に留まった。なんでも、岩手県の工事現場で、重大な事故が相次いでいるとのことだ。

山を切り開き造成工事をしているその現場では、重機が倒れたり落石が起きたりといった危険な出来事が続けて起きているという。幸い死者はいないが、怪我人《けがにん》が数名出てしまっていた。現在は作業を中断し、安全管理に問題がないかの調査が進められているそうだ。

(危ないなあ……)

見出しが気になって読んではみたが、所詮自分には関係のないニュースである。さほど関心もなく、読み終わればすぐに記事を閉じた。

「弥琴」

呼ぶ声に振り返る。弥琴の部屋の前に、夫である燐がやって来ていた。

燐はいつもどおり着物と羽織を優雅に着こなし、早朝とは思えぬ爽やかさで佇《たたず》んでいる。小首を傾《かし》げるだけで絵になる姿だ。

「支度ができているのなら早く来い。朝餉《あさげ》が冷めてしまう」

「あ、はい。今行きます」

弥琴は帯にスマートフォンを挟み、廊下を戻っていく燐に続いた。細身の背中のあとを行きながら、羽織の裾を持ち上げている二股の尾の先を目で追いかける。

燐は猫又――元は猫である。だから、人の姿をしていても、常に頭とお尻から猫の証《あかし》が生えていた。本人曰《いわ》く、猫姿よりも人型のほうが便利ではあるが、猫耳と尻尾だけはないと落ち着かないそうだ。

いつも陽気に揺れている尻尾と、髪と同じ小豆色の大きな耳。

（可愛《かわい》いなあ……）

燐には美しいという言葉が一番に似合うと思っているし、二番目には男前という形容が合う。けれど、燐は非常に可愛くもあると、弥琴は密《ひそ》かに思っていた。こればかりは人間が猫に抱く本能だから仕方ないだろう。

「ん？」

階段の手前で、弥琴の視線に気づいた燐が振り返る。

「どうかしたか？」

「いえ、別に、へへへ……」

「そうか？」

笑って誤魔化すと燐も笑った。同じ表情なのに自分のそれとはまるで違う燐の笑顔に、弥琴は太陽を見るときのように目を細めた。

美人は三日で飽きると言うが、あれはきっと嘘《うそ》だ。嫁入りから半年経った今になっても、弥琴は燐の端整な外見に慣れないのだから。

「あ、タロ、ジロ、お待たせ」

一階に下りると、それぞれ赤と青のスカーフを巻いた白い毛玉が二匹、足元へ駆け寄ってきた。元は神社を守護する狛犬《こまいぬ》で、現在は燐の飼い犬であるタロとジロだ。

「お腹空《なかす》いちゃった？　ごめんね。朝ごはん食べようね」

「わふっ」

タロとジロは尻尾を振りながら、居間として使っている部屋に入っていく。丸いお尻を追いかけていくと、部屋にはすでにふたりと二匹の朝食が用意されていた。

「わあ、今日は焼鮭《やきざけ》ですか！」

「好きだろう、弥琴」

「はい。やっぱり朝ごはんは鮭が一番ですよね」

食事の支度は手分けして行っており、いつからか朝の当番は燐というのがお決まりになっていた。

燐は和食が得意で、中でも魚料理を好んで作った。それが弥琴の胃袋をがっしり摑《つか》み、燐が新しいメニューを出すたびに弥琴のお気に入りが増えていった。

向かい合って座り、両手を合わせる。

「いただきます」

揃《そろ》って挨拶をしてから、同時に食事に手をつけた。

炊き立ての白米に赤味噌《あかみそ》のお味噌汁。ほうれん草のお浸しと甘い卵焼き。

（毎朝こんなに美味《おい》しいごはんを食べられるなんて幸せだなあ）

燐と結婚する前、ブラック企業に勤めていた頃は、朝食など摂《と》らないことが多かった。食べたとしても職場のデスクで片手間に菓子パンを齧《かじ》るくらいだ。

残業をして日付が変わったあとに家に帰り、何もせず死んだように寝て翌日は始業時間より随分早く出勤する。会社にいる間は常にパワハラ上司の視線にさらされ、仕事に追われ、無理な責任を負わされ、食事をゆっくり摂る時間的余裕も精神的余裕もなかった。

なんの楽しみもなく、仕事をするために生きている。そんな生活こそが、かつての弥琴にとっては当たり前だったのだ。

それが今や、作り立ての温かいごはんを、自分以外のひとと共にのんびり食べていられる。これを幸せと呼ばずして、一体なんと呼ぶのだろう。

（たった半年前の社畜時代が、すっかり遠いものに感じるよ）

半年前、自分の心がもうとっくに壊れ始めていたことにようやく気づいたとき、弥琴は不思議な結婚相談所に迷い込んだ。

他者との縁など切れるばかりだった弥琴にとって、結婚は縁遠いものであった。それまでは婚活をしようと思ったこともなく、結婚相談所なんてものは弥琴には関わりのない場所だった。

けれど、目の前に立つ結婚相談所の看板を見たとき、これこそが今の生活を変えるきっかけになるのではと考えた。結婚することで、苦しい日々から抜け出せるのではないかと。

だから婚活を始める決意をした。そして燐と出会ったのだ。

燐とお見合いをしたときに、弥琴は自分の登録した結婚相談所があやかし専用のものであったこと、相談員もお見合い相手も人ではないこと、この世にはあやかしというものが存在することを知った。

あやかしとなんて結婚できるわけがない。そう思い燐との縁は結ばないつもりであったのだが。パワハラ上司に啖呵《たんか》を切ってしまい勢いで会社を辞めた日、自身の生活を守るため、燐があやかしの嫁を見つけるまでという約束のもと、燐に嫁入りすることになったのだった。

弥琴はそのときに腹を括《くく》ったつもりでいた。あやかしに嫁ぐことも、この結婚を仮のものとすることも決めたのは自分だ。でも、燐と共にいるほどに、自分がかりそめの花嫁でしかないことを思い悩み、あやかしである燐と生きる時の長さが違うことを、繰り返し何度も考えるようになった。

悩んだ末の答えは燐が気づかせてくれた。黄泉路横丁で生活する中で、弥琴がすでにこの街と燐の隣を自分の居場所としていたことを。かりそめの花嫁などではなく、燐が選んだただひとりの花嫁であったことを。燐が教えてくれたのだ。

迷いは晴れ、弥琴は燐の妻として、黄泉路横丁で生きていくことを決めた。

そして、今がある。

（思い返せば濃い日々だったなあ。あのとき玉藻《たまも》結婚相談所に寄らなかったら……もし紹介されたのが燐さんじゃなかったら、今頃全然違う人生を歩んでいたのかもしれないな）

今が、今でよかった。弥琴は心底からそう思い、感慨に浸りながら、焼鮭の絶妙な塩加減と白米の甘さをしみじみ嚙《か》み締めていた。

が、ふと白米を掬《すく》う箸を止める。

「……燐さん、いつも言ってますけど、そんなふうに見られると食べにくいですよ」

先に食べ終わった燐が、行儀悪く卓に頰杖《ほおづえ》を突き、じいっと弥琴の食事風景を眺めていた。弥琴がこちらも行儀悪く箸を咥《くわ》えると、燐は口元を微笑《ほほえ》ませる。

「おれのことは気にするな。さあ、たくさん食べるといい」

「食べますけど……」

「弥琴がおれの作る飯を美味そうに食っているのを見ると、とても幸せに思うんだ」

「……」

そう言われると嫌とは言えない。むしろ少し嬉《うれ》しく思ってしまうし、何より食べにくくてもごはんは美味しい。

(わたしが食事してるところなんて、見ていて何が楽しいんだろう)

モルモットの食事風景を永遠に見ていられるようなものだろうか、自分にモルモットのような愛らしさはないけれど。などと考えながら、弥琴は燐からの視線が注がれる中、香り立つお米を頬張った。

慣れるしかないのはわかっているが、慣れる日が来るのかはわからない。

*

燐の仕事は、幽世と現世とを行き来するあやかしを管理することである。

黄泉路横丁の突き当たりにある燐の屋敷には、住居のほかにもうひと棟建物があり、帳場と呼ばれるその場所が、門を通るあやかしたちの受付窓口となっている。

現世から幽世へ行くあやかしは、表玄関から帳場へ入り、受付を済ませたのち裏玄関から幽世の門へ。そして幽世から来るあやかしは裏玄関から帳場を通り現世へ。

ふたつの世を行き来するには帳場を通らねばならず、帳場を通るには必ず燐の許可がいる。これは現世の平和を保つために必要な機能であり、帳場とは、いわゆる関所のような場所なのであった。

「今日は誰も来ませんねえ」

暇つぶしの編みぐるみ作りをしながら、弥琴はあくびをする燐に声をかけた。今日は朝から帳場の座敷に出ているが、午後になった今になっても訪ねて来る者はひとりもいない。

幽世の門は気軽に通れるものではないため、現世から幽世へ渡るあやかしはそう多くない。ましてや幽世からこちらへ来るとなると、年に一体いるかいないか程度だ。誰も訪れない日は珍しくなく、むしろ暇を持て余すのはいつものことであった。

「そうだなあ。真面目に待っているときほど誰も来ないものだ」

「一旦帰っておやつでも食べましょうか」

「そうするか」

どうせ燐がいなければ帳場の裏玄関が開くことはないのだ。そのため燐の仕事の仕方は非常に緩かった。不在中に訪問者があっても待たせておけばいいいだけだという考えのもと、待つのに飽きれば住居に帰って寝たり、出かけたり、気が向けばまた帳場へ戻ったり。なんとも自由気ままな勤務形態である。

そして燐の仕事を手伝っている弥琴も、燐の気まぐれに合わせて休み休み過ごすようにしていた。社畜根性が抜けきらないうちはどうにも落ち着かなかったが、最近はこのスローな生活にも馴染《なじ》んできたところだ。

「甘いものを食ったあとは、昼寝でもするか」

燐が腕を伸ばしながら二度目のあくびをする。

弥琴は、先に戻ってお茶の準備でもしようと、毛糸を片づけてから立ち上がった。

そのとき。

「なんだ、昼寝の気分になった途端誰か来たな」

燐が細めた目を表玄関のほうへ向けた。格子壁越しに見える玄関に人影はない。燐は、屋敷の門を誰かが入ってきたのに気づいたのだろう。

「弥琴、みっつ茶菓子を用意してくれ」

「え、一気に三人もですか」

弥琴は座敷の裏にある小さな流しでお茶の支度を始めた。

するとまもなく、

「ごめんください」

という声が座敷のほうから聞こえる。

「あの……あなたが猫又の燐殿、ですか？」

「ああ。よく来たな。どうぞこちらへ」

「へえ、すんません」

緑茶と最中を持って座敷へ戻ると、各々珍妙な姿かたちをしたあやかしが三体、机を挟んだ燐の正面に座っていた。

弥琴はそれぞれにお茶を配り、燐の隣に腰を下ろす。

「燐の妻の弥琴です」

挨拶をすると、あやかしたちもへこりと頭を下げた。

弥琴が人間だということには気づいているのだろうが、物珍しげな視線を向けこそすれ、弥琴の存在に疑問を抱いている様子はなかった。燐が人間の嫁を貰ったという話がかなり広まっているおかげだろう。現世のあやかしがことごとく猫又の燐の名を知っているように、燐の嫁のこともまた、あやかしたちに知れ渡っているのである。

弥琴はそのことを深く考えないようにしていた。深く考えてしまうと、恥ずかしさと恐れ多さと恐ろしさとでどうにかなってしまいそうだからであった。

「それで、三匹揃って幽世へ？」

あやかしたちが最中を平らげたところで、燐がそう訊《たず》ねた。

真ん中に座っていた三つの目玉があるあやかしが、その問いに答える。

すわ」

「いえ、わしら幽世へ行きたいわけではなくて、燐殿に助けてもらいたくて来たんで

「助けてもらいたいだと？」

「ええ……そりゃもう、困っとりまして。燐殿は、現世のあやかしたちの相談役も担っておると聞きましたから、もうこれはあなたに頼るしかないと」

あやかしたちは元気がなく、心底憔悴《しょうすい》しきっている様子だ。余程のことがあり燐のもとへとやって来たのだろう。

燐が話を聞く姿勢を見せると、三つ目のあやかしが話し始める。

「わしら、陸奥《むつ》から来たんですがね、実は最近、わしらが棲《す》み処《か》にしていた山の一部を、人が切り開いて工事し始めまして」

聞くと、三体の他にも多くのあやかしが古くから棲んでいる地だという。麓には人の住む町もあり、都会とは言えないがド田舎というほどでもない、ほどよく賑《にぎ》やかな土地だそうだ。

「要するに、人に棲み処が奪われそうだという話か？」

「いえ。そういうのは今に始まったことじゃねえですし、別に根こそぎ持ってかれるってわけでもないんで、うまくやるから全然困ってはいないんですわ。ただね、人間が山に入って間もなく、突然、恐ろしいあやかしが現れるようになりまして」

「恐ろしいあやかし？」

燐が眉をひそめる。

「へえ。わしら、五百年ほどあの辺りに暮らしとりますが、みんな初めて見るあやかしで。体が大きく鋭い爪と牙を持った、猿のような姿の奴《やつ》です。そいつがまたえらく凶暴で、山に入った人間だけでなく、わしらあやかしにまで襲い掛かる始末」

「ということはそいつも、別に棲み処を脅かされたせいで人に敵意を向けているというわけではないと」

「だと思いますよ。今までうちにはいなかった奴ですし、人もあやかしも区別なく襲いますから」

「……」

「あの地に暮らすどのあやかしも、あいつを止められるような力はありません。やめてくれと頼もうにも、怖くて話もできなくて。最近はみんな、あいつに怯《おび》えて暮らす日々です」

隣の二体も深々と頷《うなず》く。

恐ろしいあやかしが現れて以降、山のあやかしたちは怯えながら過ごし、元凶がこの地を去るのをただ待っていた。が、どこからか急にやって来たそのあやかしは、なぜか山に居座り、いつまで経っても出て行こうとしない。山のあやかしたちは心身共に疲れ果て、寝込むものまで出るほどだという。

「それで、燐殿に力を借りようと参った次第なんですわ」

「なるほど。それならばおれが行かねばいけないな……しかしそんなあやかしがまだ現世にいるとは」

確かに、現世には凶暴なあやかしはいないはずだ。それなのに、人どころか他のあやかしまで襲うようなものがいるとはにわかには信じがたい。とはいえ、相談に来た三体が嘘を吐いているとも思えなかった。

「とにかく、一度おまえたちの棲み処とやらに行ってみようか」

燐の言葉にあやかしたちはわっと喜んだ。早速向かいましょうと、湯呑《ゆの》みに残っていた茶を一気に飲み干している。

「弥琴はどうする？」

一緒に行くかと訊ねられ、弥琴は頷く。

「連れて行ってください。何かできることがあるかもしれないので」

すると、あやかしたちが飲んでいた茶を噴き出した。

「いやいや奥方、危ないですよう！　恐ろしい奴のいるところですよ！」

「そうそう。あいつの牙に噛まれたらひとたまりもねえですよ！」

「奥方は人でしょう。わしらよりもか弱いんですから」

あやかしたちは身振り手振りで必死に止めようとする。

「そんなに危険なんですか？」

「危険じゃなかったら自分らでどうにかしてますわ」

「た、確かに」

どうしようかと、弥琴は燐に視線をやった。役に立てるなら付いて行きたいが、足手まといになるようなら大人しく待っているべきだろう。

燐が頷く。

「心配ない。おれがいる」

ぴしゃりと言い放ち、燐はこの問題を終わらせた。あやかしたちはぽかんとし、弥琴は思わず苦笑する。

（本当に、そのとおりだな）

恐ろしいあやかしのいるところへ行くのは怖い。だが、怖いから行かないという選択肢がないのは、燐がいれば大丈夫だと信じられるからだった。

燐の強さは知っている。燐が必ず自分を守ってくれることもわかっている。だから安心してそばにいればいい。そばにいて、自分にできることをしたらいい。できることは、きっとどこかにあるはずだ。

「ところで、陸奥ってどこでしたっけ？」

弥琴は顎に手を当てる。

あやかしたちは陸奥から来たと言っていた。聞いたことのある地名だが、それがどの辺りであるか、弥琴ははっきりとは知らなかった。

「陸奥は、東北のほうだな」

「東北、ですか？」

「陸奥は大きいんだ。今で言う、宮城や岩手などを指していたはずだが」

「岩手……って、もしかして」

スマートフォンを取り出した。ブラウザアプリを起動し、今朝見たばかりのネットニュースの記事を開く。

「あの、これ、関係してます？」

岩手県のとある工事現場で、事故が相次いでいるというニュースだ。現場の写真を表示させスマートフォンの画面を見せると、あやかしたちは揃って首を縦に振った。

「あっ、そうそう。ここわしらの地元」

「やっぱり……これ、あやかしの仕業だったんですね」

「なんか人らも大変みたいでなあ。あやかしの姿は見えねえし、なんとなく気づいてもあやかしのせいだなんて今の人間は誰も信じねえし」

「弥琴、なんのことだ?」

「あ、えっとですね」

弥琴は燐に、記事の内容を伝えた。怪我人も発生していることを教えると、燐は眉間にしわを寄せる。

「思ったより人の側にも被害が出ているようだな」

「そうなんですわ。もうね、すごいのなんの。暴れ回って地面を砕くわ、でっかい牛車《ぎっしゃ》をひっくり返すわ」

「牛車じゃねえ。しょべるかーだわ」

「なんでもいいって。とにかく、大変なことになっとるんですわ」

「ああ、早急に対処しないといけないようだ」

燐が立ち上がる。弥琴はささっと机の上を片づけて、空いた湯呑みを流しに持って行った。

座敷を下りようとするあやかしたちの、ため息まじりの声が聞こえる。

「何をあんなに怒ることがあるのかねえ」

弥琴は、その言葉が気になった。彼らは凶暴なあやかしが怒っているから暴れていると感じているのだ。

(てっきり、土地を自分のものにしたいとか、独占欲みたいなもので邪魔者を蹴散ら

しているだけかと思っていたけれど)

山を切り開かれたことへの怒りなら、人間だけを襲うはずだろう。仲間であるあやかしたちまで攻撃する理由がわからない。

そもそも、一体どこからやって来たのだろうか。なんのために、棲み処でもない山に居座っているのだろうか。

(怒っているとしたら、理由はなんなんだろう。暴れる理由があるのかな)

解決するにはそれを突きとめなければいけない。

そのためには、元凶に会う必要があった。

山に棲む、恐ろしいあやかしとやらに。

＊

弥琴は洋服に着替え、タロとジロに留守番を頼んでから、燐たちの待つ大門へと走って向かった。

黄泉路横丁の端、燐の屋敷とは反対側に建つ大門は、数本の朱色の柱で支えられた、その名の通り巨大な門だ。

大門は、日本中に数多くある黄泉路横丁への出入り口と繋《つな》がっていた。つまり、このひとつの門から様々な場所へ向かうことができるのだ。

どれくらいの数の出入り口があるのかは知らないが、あやかしが多く棲んでいる土地には大抵行くことができるそうだ。今回の目的地の山にも直接繋がっているという。

「すみません、お待たせしました」

「なんだ、着替えてきたのか」

「ええ、念のため。わたしにはまだ洋服のほうが動きやすいですから」

「まあ、向かうのは険しくなくても山だしな」

では行こうかと燐が言う。弥琴と三体のあやかしたちは、大門をくぐる燐のあとに続く。

何も見えない白い靄《もや》の中を数歩、真っ直ぐに歩いた。間もなく視界が開け、弥琴たちは木々の生い茂る山の中に立っていた。

顔を上げれば葉の隙間から青い空が見える。どこからか聞こえる鳥の鳴き声に、別の鳥も呼応している。

「ここが、皆さんの棲んでいるところ、ですか」

「へえ。二ッ葉山《ふたばやま》といいます」

景色は天狗《てんぐ》の里に行ったときと似ていたが、ここの空気からは、あのときのような鋭い清麗さは感じなかった。

天狗の里は現世にありながら、人の立ち入ることのできない場所にある。対してここは、あやかしの棲む土地ではあっても、人の世から隔離された地というわけではないのだろう。

「例のあやかしは……近くにはいなそうだな」

燐が周囲を見回す。

山の中は、恐ろしさや騒がしさとは無縁の、むしろのどかな空気が流れている。

「とりあえず、工事現場とやらにでも行ってみるか。奴が暴れたことがあるのなら、何か跡でも残しているかもしれない」

「あ、それならこちらです」

二ツ葉山は傾斜が緩やかで標高も低く、登山道がなくても進むのにさほど苦労することはなかった。足を滑らせないように注意しながら、燐に手を引かれ、勝手知ったる山中を下りていくあやかしたちを追いかける。

(本当に町が近いんだなあ)

木々の隙間からは麓の町が見えていた。高層ビルなどがあるわけではないが、建物が密集した大きな町だ。住む人の数も多いだろう。

件《くだん》のあやかしは、現在は山のどこかに潜んでいるという。けれど、もしも麓に下りていき、町の中で暴れでもしたら……。そう考えぞっとした。確実に、今ニュースになっているような被害だけでは済まない。さらにたくさんの人が巻き込まれ、パニックとなるはずだ。

「ほれ、あちらですわ」

三つ目のあやかしが枝のような指を伸ばした。木に隠れながらそちらを見ると、山の一部が麓に向けて、ごっそりと削られていた。

山肌が丸見えの斜面には重機が数台停《と》まっている。いまだ作業途中であることが窺《うかが》えるが、人の姿はなかった。現場の周囲には適当にロープが張られ、立ち入り禁止の看板が置かれている。

「工事は中断しているってニュースに書いてありましたね」

「昨日は何やら調査みたいなんをしに来とったみたいですが、今は無人のようで」

「いないほうが怪しまれずに済むので、わたしとしては助かりますけど」

「人からすりゃ、奥方の姿だけが見えますからな」

工事現場には、ぽっかりと不自然に陥没した箇所があった。作業によるものにしてはやや粗く、違和感がある。もしかしたらあやかしが暴れた形跡かもしれない。だとしたら、相当な腕力の持ち主に違いなかった。

「ここまで来ると、町は目と鼻の先だな」

燐は、木の幹に背を預けながら現場を見下ろしている。

「そうですねえ。たぶん、この土地にも家が建つんでしょうね」

「こんなところまで人を襲いに出て来ておいて、町には下りて行かなかったのか」

「もし下りていたら、もっと大変な騒ぎになっていたでしょうから。町まで行かなくてよかったですよね」

「それは確かに、そうだが」

燐は腑《ふ》に落ちない様子で呟《つぶや》くと、ふいに、どこかを見つめながらすっと目を細めた。

「あれは……」

「どうしたんですか？」

「……見ろ、あそこに」

燐が指を差す。

そのとき。

「ぶおおおおおおおおお！」

地面が揺れるほどの咆哮《ほうこう》が響き、背後でばきばきと枝が鳴った。

振り返ると、二メートルを優に超す背丈の大猿が立っていた。鋭い牙を剝《む》き、血走った目でこちらを睨《にら》みつけながら、紅《あか》い毛を大きく逆立たせている。

「ひっ」

「ぎゃああ！ 出たあああ！」

三つ目たちが一目散に逃げて行く。

燐はさっと弥琴の前に立ち、突如現れたあやかしを見上げた。

「大猿……もしやこいつが？」

「そいつですぅ！」

随分遠くから三つ目の声が聞こえる。

燐はため息を吐きながら、落ちてきた葉を払った。

弥琴を背に庇《かば》ったまま大猿と対峙《たいじ》する。

「おまえが問題のあやかしか。おれは幽世の門の管理番、猫又の燐だ。おまえと話をしに来た」

「ぶるるぅ……ふうっ……！ 猫又、だと……？」

大猿は唸《うな》りながら、紺色の羽織がはちきれそうになるほど荒く大きな呼吸を繰り返している。

「そうだ。おまえも名があるなら名乗れ。おまえは何者だ」

燐の問いに大猿は答えない。

「……どこだ。あれを、どこにやった」

「何？」

「ぶるるあああああ！」

大猿が両腕を振り上げる。

そして音が鳴るほど筋肉を膨らませ、地面を激しく叩《たた》いた。

地震が起きたかのような揺れにこちらが一瞬怯《ひる》んだ、その隙に、大猿は勢いに乗って突進してくる。

「ひぇえっ！」

「ちっ」

腰を抜かす弥琴を脇に抱え、燐は大猿の攻撃を避けた。

大猿は木をなぎ倒し、振り向いてなおも襲ってくる。

「やめろ！　争うつもりはない！」

叫ぶが、相手は聞く耳を持たない。

「り、燐さん！」

「どうやら話をする気はなさそうだな」

燐は右腕を大きく振るった。宙を掻《か》く爪から真っ赤な炎が噴き上がり、大猿を襲う。

「うがぁ！」

直撃した炎は、大猿の厚い体毛をわずかに焼いただけだった。

しかし大猿は背を向け、器用に木々の合間を縫い走り去っていく。

「逃げたか……」

「ど、どうしましょう。追いますか？」

「いや。あの身のこなし、随分山に慣れているようだ。不用意に追いかければおれたちに不利になる」

大猿が戻ってこないのを確認し、燐は弥琴を下ろして息をついた。

間もなく、三つ目たちがわらわらと戻ってくる。

「燐殿ぉ！　ご無事ですか！」

「ああ。それにしても逃げ足が速いな、おまえたち」

「これで生き延びてきたんで！」

「そうか」

周囲にはのどかな静けさが戻っている。だが、脇には根こそぎ倒れた大木があり、胸元に当てた手には、いまだ治まらない鼓動が強く打ちつけていた。

（みなさんが言っていたとおり、すごく怖いあやかしだった）

姿の恐ろしいあやかしなら多く見てきた。しかし彼らの怖さは外見だけだ。あの大猿のように、純粋な敵意を向けてきたあやかしは初めてだった。人を襲うあやかしの恐ろしさを、弥琴は初めて知ったのだ。

（でも、なんだろう……何か）

怖かったのは、確かだが。それでも心底から恐怖が湧いたわけではない。なぜだろうと弥琴は考える。

引っかかるのだ、さっきの大猿の様子が。

「想像以上に厄介な奴だな。あれでは確かにおまえたちの手には負えまい」

燐が袖についた砂埃《すなぼこり》を払う。

「だ、大丈夫ですかねえ」

「心配するな。おれが手立てを考えよう。おまえたちはもうしばらく安全なところに隠れていてくれ。山の他のあやかしたちにも同じように伝えろ」

「へ、へえ。よろしくお願いします」

三つ目たちは何度も頭を下げ、大猿が逃げたのとは違うほうへと去っていった。

燐は倒れた大木に腰を下ろす。弥琴も促され、燐の隣に座る。

「大事ないか、弥琴」

「あ、はい。燐さんが守ってくれたので。ありがとうございます。足手まといになっちゃって、すみません」

「おまえを守るのがおれの第一の役目だ」

燐はふわと笑い、しかしすぐに真剣な表情を浮かべた。

「あの大猿……思っていたよりも大物だな」

膝に頬杖を突き、燐は眉根を寄せながら大猿のいた場所を睨む。

「加減をしたとはいえ、おれの炎で傷つきもしなかった。あれだけの力を持ったあやかしが現世にいたならば、おれが把握していないはずがない」

「でも……幽世から出てくるには、うちを通らなければいけないはずですよね。あんなひと、見たことはないですけど」

「だからあいつは幽世から来たわけではない。間違いなく現世にずっといたのだろう」

「というと……」

弥琴が首を傾げると、燐の視線がついと戻ってくる。

「工事現場の脇に、割れた大岩が打ち捨てられているのを見つけた。なんの変哲もないように見えたが、わずかに霊力が感じられた」

「霊力？」

「これまでずっと、岩が蓋となり大猿を抑えていたのだろう。あの大猿は、この地に封じられていたあやかしだったのだ」

長い間、大猿はここで眠っていたのだと、燐は言った。

だから燐も、この地に生きる他のあやかしも、大猿の存在を知らなかった。あたかも突然現れたかのように見えたのだろうと。

「……工事の最中に、封印していた岩を砕いてしまって、大猿のあやかしが出てきてしまった、ってことですか？」

「たぶんな。あれほどの力と凶暴性であれば、本来なら強制的に幽世に送られているはずだ。奴はおれの名も知らないようだったから、封じられたのはおそらく、幽世の門ができる前」

「なら、千年以上前、ってことですか。五百年前からここに棲んでいるって言っていた三つ目さんたちが知らないわけですね」

「しばらくは大猿を知る者もいたはずだが、いつからか、封じられていることも忘れ去られてしまったのだろうな」

ざわざわと木々の葉が鳴る。

大猿は遠くに身を潜めているのだろう、気配はなく、平穏な空気が流れている。

(この山から出て行かないのは、ここがあの大猿の棲み処だったからなのか)

だったら他のあやかしにそう伝えればいいのにと、弥琴は思ってしまった。気の良さそうな者たちばかりだから、きっと大猿のことを受け入れて共にこの地に暮らそうと言ってくれたはずだ。

でも大猿はそうしなかった。それは、どうしてなのだろうか。

「燐さん、どうします？」

問いかけると、燐は「そうだな」と呟いた。

「手立てを考えると三つ目たちには言ったが……大猿のあの様子では話に応じるとは思えんし、かといって野放しにするわけにもいかない。力ずくで幽世へ送るしかあるまい」

「そう、ですよね」

「しかしあいつ、何かを捜しているようだったな。奪われでもしたのか？　それで怒っているのか？　いや、封印されたことへの恨みかもしれんが」

背を丸めて考え込む燐の横顔を見ながら、弥琴も大猿の様子を思い返し、考える。

「怒ってる……のかなあ」

思わず口にした言葉に、燐が反応した。

「気にかかることでもあるのか」

「あ、いえ。相談に来たあやかしさんたちも、何に怒っているんだろうって言ってましたよね。確かにあのあやかし、すごく怒っているみたいでしたけど、でも、なんかちょっと、違うような気がして」

「違うとは？」

「うぅん、よくわからないんですけど……」

怒っている、と言ってしまうと、どうにもしっくりこないのだ。しかしその違和感の正体がいまいち摑めない。

（なんであの大猿はあんなふうに誰彼構わず攻撃するのかな。長い封印が解かれて、久しぶりに目覚めて、どうして……）

腕を組みながらうんうん唸る。弥琴は至極真剣に考えていた。だがそのさなか、

──ぐうぅ。

と間抜けな音が腹から鳴った。

「……」

恐る恐る燐を見る。言葉にせずとも夫の目は、しっかり聞こえていたと言っている。

「す、すみません……」

「弥琴もなかなか図太くなってきたな。襲われた直後に腹が減るとは」

「面目ない……」

「まあ、お八つを食べ損ねたから仕方ない。一旦横丁に戻るか。いや、せっかくだ、町に下りて何か買おう」

先に立ち上がった燐の手に引かれ腰を上げる。お尻をはたいてから、弥琴は一度だけ山の上を見上げた。

木々が立ち並ぶばかりで、あやかしの姿はどこにも見えなかった。

町で見つけたクレープ屋でイチゴとアイスクリームの入ったクレープを買った。

店先のベンチでゆっくりと食べ、胃も心も満足し、現在は裾野にある住宅地を山に向かって進んでいる最中である。

「幽世へ連れて行くにしても、まずは大猿を見つけなければいけませんよね」

弥琴は隣を歩く燐に話しかける。燐は猫の姿になっているので、近くに人がいないことを確認したうえでの会話であった。

「そうだな。どこに潜んでいるやら……まあ、わざわざ捜してやらなくても、先ほどのように向こうから襲いに来てくれるかもしれないが」

「でも燐さんが攻撃したら、すぐに逃げちゃいましたよね」

「効いていなかったはずだがな。威勢がいいのか臆病なのかよくわからん奴だ」

燐はとっとジャンプして塀の上にのぼった。

十数センチしかない幅を器用に歩く様子は本物の猫のようだ。しかし猫の姿をしていても、尻尾の先は二股に分かれている。

弥琴は塀の下を、燐のてしてしという足音を聞きながら歩く。

「封印されていた大猿かあ」

目の前の二ツ葉山を見上げながら、今もあのどこかにいるのだろうあやかしのことを考えた。

するど。

「あの」

と声が聞こえ、弥琴は釣られるように振り返る。

通り過ぎたばかりの脇道から、学生服姿の男の子が出てきた。中学生だろうか、まだ声変わりもしていない、幼い子だ。

「……」

男の子は、なぜかじっとこちらを見ている。

弥琴は辺りを見回した。自分の他には燐しかいない。燐は、立ち止まった弥琴に合わせ、塀の上でお座りをしている。

(燐さんを見てるのかな?)

燐は珍しい毛色の猫だから、不思議に思って眺めているのだろうか。しかしどう見ても、男の子の視線は燐ではなく弥琴へと向いていた。

弥琴は目をしばたたかせた。焦る心の内を、どうにか顔に出さないようにしながら。

(もしかして……さっきの呟きを聞かれてた、とか)

弥琴は燐がいるから声に出して言ったのだが、他の人からすると、猫と歩きながらはっきりとひとりごとを喋《しゃべ》っているようにしか見えないだろう。立派な不審者である。

(いやでも、そんなに大きい声じゃなかったし、大丈夫だよね)

自分に言い聞かせ、勝手に納得し心の中で頷いた。

それではさっさと退散しようと踵《きびす》を返し足を踏み出す、弥琴の背中に声がかかる。

「今、封印されていた大猿、って言いました？」

大きなひとりごとが聞かれていたことが確実となった。

弥琴は一回転する形でふたたび男の子と向かい合う。

どう誤魔化そうかと必死に考えた。この場合、ひとりごとを言っていたという事実よりも、その内容のほうがかなり怪しい気がした。封印されていた大猿、なんてことをなんとはなしに口にする大人、どう考えても怖すぎる。

（よし、とぼけよう）

動揺を隠して微笑みながら弥琴は口を開いた。

が、それよりも、男の子が問いかけるほうが早かった。

「その話、どうして知ってるんです？」

素朴な少年の視線は、ひどく真剣だった。

空哉《くうや》と名乗った中学一年生の男の子は、二ツ葉山の麓にある古い寺の息子だった。

空哉の実家の歴史は長く、建立から千年も経っている。現在も檀家《だんか》を多く抱える、地域に大切にされた寺だという。

「こちらです。使ってなかった離れを片づけて、ぼくの部屋にしてるんですよ」

立派な本堂の脇に寺務所があり、外を通って裏へ行くと、木造の平屋があった。空哉は玄関ではなく掃き出し窓を開けて建物の中へ入っていく。

「お、お邪魔します」

「お茶を持って来ますね。適当に座って待っていてください」

「あ、お構いなく……」

と弥琴は言ったが、空哉は掃き出し窓から外へ出て、寺務所へと向かって行った。開けっ放しの窓から燐が入ってくる。燐はひげをひくひくさせて部屋を見渡してから、弥琴の隣にお座りした。

「いい寺だな。強い力で守られている」

「魔除《まよ》けみたいな、そういう力ってことですか？」

「ああ。あやかし除けの結界が張られているようだ。寺に入るとき人の姿に化けようとしたができなかった。ここでは力をうまく使えない。並のあやかしでは、敷地に入ることもできないだろうよ」

「ここのお坊さんってそんなにすごい人なんですか。じゃあ空哉くんも？」

「今の代はただの人だ。だが大昔に強い法力を持つ者がいたのだろう。その者の力がいまだにこの地を守っているのだ」

燐は弥琴の足に背を寄せて寝そべった。少し元気がないように見えるのは、この寺を守っているという力のせいだろうか。燐ほどの強いあやかしでも、あやかし除けの結界のただ中にいては平気でいられるはずがない。

「燐さん、辛《つら》いなら外にいていいですよ」

「嫌だ。おれは弥琴のそばにいる」

燐の尻尾が弥琴をぺしょりと叩いた。弥琴が体を撫《な》でてあげると、燐は気持ちよさそうに目を閉じた。

「お待たせしました」

間もなく、湯呑みと茶菓子を盆に載せた空哉が戻ってきた。

空哉は弥琴の隣にいる燐を見つけると「あ」と声を上げる。

「その子、さっきの猫……あなたの猫だったんですか？」

「うん、ごめんね勝手に入れちゃって。アレルギーとか大丈夫だった？」

「はい。それに猫は好きです」

空哉は盆を持ったまま、何やら燐を探るような目で見つめる。

「……どうかした？」

「あ、いえ、すみません。なんかさっき道で見かけたときは、その子の尻尾が二股になってたような気がしたんで」

「えっ」

弥琴はばっと燐の尻尾を見た。ゆらゆらと遊んでいる尾の先は分かれていない。普通の猫と同じ、一本の長い尻尾に変化《へんげ》している。

「ぼくの気のせいでしたね。変なこと言っちゃってすみません」

「いやいや、あはは、あるよね、そういうとき。あははは……」

「もしかして猫又かと思っちゃいまして」

「あははは……まさか……はは……」

大量に掻いている脇汗が目立たない服でよかったと心から思った。

空哉は、机に湯呑みと茶菓子を置くと、弥琴の正面に座った。弥琴も姿勢を正し空哉と向かい合う。

「改めまして、日下部《くさかべ》弥琴です。こちらは……じゃなくて、この子は燐」

頭を下げると、空哉も同じようにした。

「大崎《おおさき》空哉です。えっと、日下部さんは大学生、なんですよね」

「うん、はい、そうです」

にっこりと弥琴は笑う。実年齢はもうすぐ二十七になるところであり、大学など何年も前に卒業しているが、大猿のことを調べている理由としてできる限り怪しまれることのないよう、以前にも使った手を使用することにしたのだ。

つまり弥琴は現在、フィールドワーク中の大学生のふりをしているのである。

「わたしは民俗学を学んでいて、今はこの地域の民話を調べてるんだけど……その最中に、二ッ葉山の大猿の話を聞いたんだよね」

「民話かあ。楽しそうだなあ」

「大猿の話、気になったんだけど、今のところあんまり詳しいことがわかってなくて。だからもし空哉くんが何か知ってたら、教えてくれないかな」

「そうですか……わかりました」

空哉は何度か頷くと、部屋の中を探りはじめた。

十二畳ほどの広い和室には、机の他に家具はほとんどない。テレビもゲームもパソコンもなく、代わりに部屋を埋め尽くすのは新古問わない本の山だ。本には、タイトルの確認できるもののほとんどに、妖怪や物の怪《もののけ》、怪異といった言葉が入っていた。

「ぼくはね、妖怪とか、そういう類のものが好きなんです。だから自分でいろいろ調べてたりするんですけど」

「う、うん。そうみたいだね」

「いろんなところから資料を集めるんですけどね、実はうちにも……この寺に伝わってきたものの中にも、結構興味深いものが多くて。いやあ、嬉しいな。親も友達もぼくのこんな話、真面目に聞いてくれないから」

本の山をふたつほど崩した空哉は、雪崩の中から「あったあった」と一冊の書物を手に取った。随分古い和綴《わと》じの本だ。

こんなところに適当に積んでいていいものではないのでは、と思いながら、弥琴は机に置かれたその本に目を落とす。

「蔵にあった、うちのご先祖様のことが書かれた本です。この書物自体は三百年くらい前のものらしいけど、書かれている内容はもっと昔のご先祖様のこと」

「もっと昔?」

「はい。この寺を建てた初代のことだから、千年くらい前かな。ここに、二ッ葉山の大猿のことが書いてあるんですよ」

空哉は紙を一枚一枚丁寧に捲《めく》り、目的の内容が書いてあるところで広げた。本を弥琴へ向け「ここです」と指を差す。

しかし崩し字で書かれているため、弥琴にはさっぱり読めなかった。最初の一文字でさえなんと書いてあるのかわからない。

「あの……空哉くん」

「もしかして読めないんですか?」

こちらから言うまでもなく察してくれたのは助かるが、なんとなく大人としてのプライドが傷ついた。とはいえ社会の荒波に揉《も》まれ散々な暴言を吐かれてきた経験のある弥琴の心臓は、この程度のかすり傷では怯まない。

「ごめん。全然読めません」

「いえ、こちらこそすみません。民俗学を勉強しているというから、こういった字も学んでいるのかと思っていました」

「勉強不足で……」

そもそも民俗学を勉強したことすらないのだから、不足どころの話ではないが。

「読めるようになるといいですよ。知れることが増えますから」

それは確かに、と弥琴は思う。知識を付けることは、新しい知識を得るチャンスを増やすことでもあるのだ。

(燐さんなら読めるのかなあ)

今度教えてもらおうかなと、弥琴は隣で寝る燐の頭を撫でる。

「これには、空心《くうしん》という強い法力を持った僧が、この辺りで暴れ回っていた二ッ葉山に棲む猩々《しょうじょう》を山へ封じたことが書いてあります。空心というのがこの寺を建てた僧で、ぼくの遠いご先祖様にあたります」

文字が読めない弥琴に代わり、空哉が本に書かれていることを教えてくれた。

空哉が指し示したところには、言われてみれば確かに『空心』と『猩々』という文字が書かれているのがわかる。

「猿の姿をした妖怪です。空心が封じた猩々は、七衛《しちえ》という名前のとても強い妖怪で、この地域を縄張りにして人間たちを襲い苦しめていました」

空哉は別の本を手に取り、ぱらぱらとページを捲った。そちらは最近の本だ。表紙には『妖怪大図鑑』と書いてある。

「これが猩々です」

空哉が見せてくれたページには、猩々という妖怪のイラストが載っていた。真っ赤な毛をした猿の姿をしている。弥琴が実際に見た大猿のあやかしよりもやや迫力に欠けるが、特徴は一致していた。

（ならあの大猿は、猩々というあやかしで……）

七衛という名を持っている。

かつてこの寺の僧に封印されたあやかし。

「空心はあやかし退治の専門家として名が知られていて、猩々を退治してくれと依頼されこの地にやって来たそうです。相手も強く、退治することまでは敵《かな》いませんでしたが、空心は七衛を山中に固く封じることに成功しました」

「……その空心っていうお坊さん、すごい人だったんだね」

「でも、実は空心はしくじっているんですよね」

「え？」と弥琴は声を上げる。

空哉は、その反応を待ってましたと言わんばかりに口角を吊《つ》り上げた。

「七衛を封印することはできたんですが、もう一体を取り逃しているんです」

「もう一体……ってことは、七衛には、仲間がいたってこと？」

「そのとおりです」

空哉は右手と左手の人差し指をそれぞれ上に向けた。

「七衛には、いつも一緒にいる相棒がいました。八座《はちざ》という名前の、七衛と同じ強さを持った猩々です。『ましら兄弟』と呼ばれ、二体は陸奥に広くその名を知らしめていたといいます」

だが七衛は空心によって封じられた。空哉の右手の指が折られる。

そして一本残った左手の指は。

「八座は逃げました。空心は結局、八座を封印することはできなかったんです。それでもいつか八座が戻って来たときのために、空心はこの地に住み続けることを決め、寺を建てました」

空哉はすっと左手を下げた。これが、書物に記された、千年前の出来事であった。

（……逃げた仲間、か）

八座はどこへ行ったのか、ましら兄弟がいなくなったあと、この地に恐ろしいあやかしが現れることはなく、やがて封じられた猩々、逃げた猩々のことも忘れ去られるほど平和な日々が続いた。

千年の時が経った今、空心の封印が解かれ、また七衛が暴れ出すまでは。

(もしかして、七衛が捜していたのって、八座のことかな)

何かを捜していた七衛の様子を思い出す。

もしも七衛の言っていたあれが八座のことだとしたら……七衛は八座に対して怒っているのだろうか。自分を見捨てて逃げた昔の仲間を捜し回り、誰彼構わず襲っているのだろうか。

(うぅん、どうなんだろう。やっぱりこればかりは本人に訊《き》いてみないとわからないよなあ。訊ける気はしないけど)

ぐにぐに首を傾げていると、「あの」と空哉が呟いた。ずっと楽しげに話していたはずなのに、空哉はどうしてか急に目を伏せる。

「日下部さん、最近二ッ葉山で事故が何度も起きていること、知っていますか?」

突然その話題が出て驚いた。

弥琴は素直に頷く。

「山を切り開いてる工事のことでしょう。ニュースで見たよ」

「……あの、ぼく、すごく変なことを言いますけど」

わずかに口ごもった空哉は、けれど意を決した様子で顔を上げた。

「あの事故、七衛のせいなんじゃないかって思うんです」

弥琴は目を丸くする。

その反応を、自分がおかしなことを言い出したからだと、空哉は思ったのだろう。

ふたたび視線を下げながらも、空哉は言葉を続ける。

「みんなは、この本のことを作り話だって言うけど、ぼくはそうは思わない。大昔、この土地には本当に恐ろしい妖怪がいて、ご先祖様はそれを封印した。猩々は……七衛はずっと二ツ葉山で眠っていたんだ。でも、工事のせいで目覚めてしまった。ぼくはそう考えてる」

「……」

「あの事故は不可解なことばかりだって噂《うわさ》を聞いた。重機が倒れたのだって、何か見えないものに強くぶつかられたみたいだって。きっと七衛の仕業だよ。今の時代の人間たちには……ぼくにも、妖怪の姿は見えないから」

空哉はそこまで言って口を閉じた。少年の表情は、言ってしまったことを後悔しているようにも見えたし、満足しているようにも見えた。

これまで友達にも身近な大人にも、誰にも話したことがなかったのかもしれない。弥琴に話してくれたのは、信頼したからではなく、おそらく弥琴が空哉にとって他人だからであるのだろう。

赤の他人だからこそ話せることもある。弥琴が以前、初めて訪れた結婚相談所で、誰にも言えなかった日々の辛さを初対面の相談員に零《こぼ》してしまったように。

そして時に、その些細《ささい》な気まぐれは、不思議な縁を結ぶこともある。

「ねえ空哉くん」

「はい」

「もしも事故が七衛のせいだとして……七衛が復活してたとして、やっぱりそれって、近所に住む空哉くんとしてはすごく怖いよね」

弥琴の言葉が思いがけないものだったからだろう、今度は空哉が目を丸くした。弥琴は視線を逸《そ》らさずに真っ直ぐ少年の瞳を見つめる。

空哉は、唇を引き結び、少し考えてから、首を横に振った。

「いいえ。怖くない。それよりもぼくは、可哀《かわい》そうだと、思います」

「可哀そうって、七衛が？」

問うと、空哉は「だって」と続ける。

「七衛が眠っていた千年の間に、世界がどれだけ変わったと思いますか？　目が覚めて、よく知るはずの故郷がこんなにも変わっていたら恐ろしいに決まっています。何が起きたかわからなくて怯えるはずだ。もしも今、八座が七衛のそばにいないのだとしたら、なおさら」

空哉は小さな声で、でもはっきりと考えを告げた。

弥琴は短く息を吸う。

（そっか）

ようやく納得した。七衛の怒りに対する違和感は、これだったのだ。

空哉の想像は、正体がわからずにいた引っ掛かりに、答えをくれた。

（七衛は怒っていたんじゃない、怖がっていたんだ）

目覚めたら、すっかり世界は変わっていた。

千年もの長い時間が過ぎ、支配していたはずの土地に、かつての面影はなくなっていた。山に棲むのは見知らぬあやかしばかりで、自分を知るものはどこにもいない。

そして麓には、人間が数えきれないほどに増えていた。棲み処である山にまで立ち入るほど、人の領域を広げながら。

（あやかしが夜ごと闊歩《かっぽ》していた千年前とは違う。もう今はあやかしの世じゃない。ここまで変わってしまえば、どれだけ強いあやかしでも、平静じゃいられないよ）

暴れていたのは恐怖の裏返しなのだろう。自分を守れるのは自分しかいない。そう思い込む七衛には、目に映るものすべてが敵に見えていたはずだ。

山にいるものを襲い、けれど外に出て行くこともできず、七衛はたったひとりで怯えて過ごすしかなかった。唯一信頼できる仲間を、ずっと捜し続けて。

「あの、すみません、変なこと言って」

空哉はばつが悪そうにこめかみを掻く。

「中学生にもなって、こんな子どもみたいなこと。ださいですよね。よく言われるんです。もうそんなガキ臭いこと卒業しろとか、おまえの話はつまんないとか。大人にならなきゃいけないって、自分でもわかってるんですけど」

空哉が笑った。ぎこちない少年の笑みを見ながら、「どうして?」と弥琴は言った。

「……え?」

「別にいいんじゃないかなあ。それが自分のやりたいことなら」

弥琴は腕を組み、斜め上を見上げながら考える。

「無理してやめることないってわたしなら思っちゃうけど。すごく好きなことって誰にでも見つけられるものじゃないし、現にわたしは熱中できる趣味とか全然ないし」

「え、っと……」

「好きなことを突き詰められる芯のある人が、ださいわけがない。もちろん、好きなことにのめり込み過ぎて周囲を顧みないのはよくないけどね。でも空哉くんは他者を蔑《ないがし》ろにしない。自分以外の誰かのことまできちんと考えられる人でしょう」

「……」

「七衛のこと、わたしは空哉くんみたいに考えられなかった。空哉くんは思いやりのある人だよね。素敵だと思うし、尊敬するよ」

子ども相手に優しい言葉をかけてあげられるような器用さはない。だから素直に本心を口にした。空哉がこれをどう受け取るか、責任を持てるほど、弥琴もまだ大人ではないが。

「ありがとう、ございます。なんか恥ずかしいな。でも、ちょっと、ほっとしました」

空哉は頬を赤くしながらはにかむ。弥琴もほろりと表情を緩めた。

「こちらこそありがとう。空哉くんのおかげで大収穫だよ」

「そうですか？　役に立てたなら嬉しいです」

「うん。空哉くんに会えてよかった。すごい偶然だったよね」

「ですね。ご縁、ってやつですかね」

弥琴は足元に視線を落とした。寝ている燐が顔を上げ、琥珀《こはく》色の瞳で弥琴を見つめる。弥琴はひとつ頷いて、空哉と向かい合う。

「七衛のことは大丈夫。きっと大丈夫だよ」

保証などないが、空哉には、そう伝えたかった。

「……そうですか。なら、大丈夫なんでしょうね」

今までも、これからも、きっと空哉は何も知らないままだけれど。

この子の知らないところで、けれどこの子が胸を痛めることを解決するのが、燐と弥琴の仕事であった。

燐が同意するように「にゃうん」と鳴いた。

＊

空哉と別れたあと、燐と弥琴は二ッ葉山へ戻り、一旦黄泉路横丁へと帰ることになった。七衛が暴れる理由が恐怖からなのだとしたら、下手に刺激しない限り大きな騒ぎを起こすこともないだろうと燐が判断したのだ。

とはいえこのままにしておくつもりはない。七衛は本来現世にいていいあやかしではないのだ。どうにかして七衛を幽世へ送る必要がある。

(七衛を落ち着かせて穏便に済ませる方法はないかな)

危険はないと伝えられれば無差別に襲うのをやめてくれるかもしれないが。先ほどのあの様子では、力ずくで取り押さえでもしない限り、こちらの話を聞いてくれそうにない。

(どうしたものかね)

日が沈み始め、間もなくあやかしたちが繰り出すだろう横丁の通りを歩きながら、弥琴は小さなため息を吐いた。

すると、人型に戻り下駄《げた》の音を響かせる燐が「八座という名前、覚えがある」と口にした。

「八座って……七衛の仲間の、ですよね」

「おそらくだが。聞いたことがあるということは、幽世に送ったのかもしれん」

ただし確証はないようで、燐は唇に手を当てながら考え込んでいる。

「……仲の良かった八座の話なら、七衛は聞いてくれるでしょうか」

「可能性はある。捜してみる価値はあるな」

「八座が幽世に行っているとしたら、幽世の門ができたとき、ですかね」

「七衛と同等の力があり、それまで人を襲っていたのだとしたら、そうだろう。帳場に戻り、初期の頃の出入帖《でいりちょう》を調べてみるか」

燐と弥琴は屋敷の数寄屋門をくぐり、右手側の住居ではなく、正面に建つ帳場へと向かった。

背後の通りからは宴会の囃子《はやし》が聞こえ始めていたが、今日はあの宴には交ざれそうになかった。

帳場の座敷の奥には、棚がいくつも並んでいる。この棚に並ぶ幾百もの冊子はすべて、出入帖と呼ばれるものであり、現世から幽世へ向かったあやかしたちの名前が記されているのである。

出入帖は古いものから新しいものへと順に並べられており、燐は最初期のものを十冊選んで机に持ってきた。

「もしも名があるとしたらこの辺りだろう。出入帖に八座の名があれば、幽世にいるということだ。弥琴も探すのを手伝ってくれるか？」

「はい。もちろんです」

燐から三冊を渡され、弥琴は一件ずつ名前を確認していく。

幽世の門ができた頃のものだから、この出入帖は千年も昔のものであるはずだが、不思議と傷みはほとんどなかった。

これはただの紙でなく、古い樹木に宿るあやかしの脱皮した皮から作られたものらしい。劣化が非常に緩やかで、一説には一万年持つとも言われているそうだ。

「……」

出入帖に書かれた名前は紙一枚につきひとつのみ。大きく書かれているため弥琴でも見逃すことはないはずだが、八座の名前はなかなか見つけることができなかった。

弥琴が三冊見終えるのと、燐が七冊見終えるのは同時だった。弥琴はぱたりと裏表紙を閉じ、顔を上げる。

「燐さん、ありました？」

「いいや、なかった」

「そうですか……こっちもです」

出入帖に名前があったところで八座を見つけたことにはならない。だが、足跡を見つけたことにはなる。そこから辿《たど》れたものもあったかもしれない。もしもここに、名が記されてさえいれば。

「もっとあとに幽世に行っているんでしょうか。それとも、八座は幽世には行っていないのかな」

「いや……」

燐はそう言ってから口を噤《つぐ》んだ。

少しして「もしかしたら」と続きを話し出す。

「幽世の門ができた直後は、大勢のあやかしが幽世へ渡った。その中には強制的に幽世へ送った者も多く、出入帖に名を記さないことも度々あった」

「……なら、出入帖に名前がなかったとしても、八座が幽世にいる可能性はあるってことですか？」

「ああ。だから名がなくとも幽世を捜したい。絶対とは言えんから、現世も捜索しつつ、になるが」

燐が下唇を噛んで難しい顔をする。

弥琴が声をかけられずにいると、燐はややあってから大きなため息を吐いた。

「……仕方ない。あいつに頼るか」

あいつとは、と問う間もなく「弥琴」と声をかけられる。

「悪いが、タロを呼んできてくれないか」

「えっ、タロ? あ、はい」

よくわからないまま住居へ向かい、ジロと昼寝をしていたタロを起こす。ジロは起きなかったのでそのまま寝かせておき、寝ぼけまなこのタロだけを抱っこして、弥琴は帳場へと戻った。

燐は、何やら手紙を書いていた。手紙の文字は、空哉の家で見た崩し字よりもさらに理解できないものだった。さっぱり読めないが、これがあやかしの使う文字だということはわかっている。

「燐さん、それは?」

「向こうの管理番への手紙だ。八座という名の猩々が幽世にいるか確認してくれと」

燐は手紙を畳むと、あくびをするタロの赤いスカーフに巻き付けた。

「さあタロ、頼んだぞ」

帳場の裏玄関を開け、幽世の門へタロを向かわせる。タロはふわふわの尻尾を弾ませながら駆けだし、門の向こうへと消えて行った。

「七日」

と燐が言う。

「こちらでもあちらでも捜して見つからなければ、八座を捜すのを諦め、他の手を考えよう」

他と言っても、力ずくで挑むしか手はないだろう。

そうなる前にどうか八座が見つかればと、巨大な幽世の門を見通しながら、弥琴は思うのだった。

＊

六日間、燐は各地の友人にも頼み、現世で八座を捜し続けた。しかし一向に八座の行方はわからず、幽世側からの返事もないまま。時間だけが過ぎ、とうとう七日目の朝がやって来た。

燐はいつもどおりに帳場であやかしを出迎える支度をしている。机に並べるのは出入帖とハンコと木札の三点。幽世の門を通るための手続きに必要なものであり、且つ幽世の門の通行証にもなるものである。

「結局、八座は見つけられませんでしたね」

帳場の座敷を掃いていた弥琴は、ほうきを動かす手を止め、燐へ声をかけた。燐は腕を組みながら振り返る。

「そうだな。三つ目たちもしびれを切らしているだろうし、そろそろ次の行動に移らなければ」

三つ目たちにはしばらく時間をくれと頼んでいる。だが、燐に相談に来た時点で切羽詰まっていただろう彼らを、これ以上我慢させるわけにはいかない。

「ここまで足跡を見つけられないとなると、やっぱり現世にはいないんでしょうか」

「かもしれない。狭い現世で、ここまで捜して見つけられないとなると、やはり幽世にいるか、もしくは」

「もしくは?」

「七衛と同じくどこかに封じられているか、すでに死んでいるか、だな」

燐が淡白な声音で答える。

「……もしそうだとしたら、七衛はもっと情緒不安定になっちゃったりして」

「だから、知られる前に幽世へ送る必要がある。奴が外界の情報を得る前に」

三つ目たちからの連絡がないから、七衛はまだ二ッ葉山に籠っているはずだ。しかしいつまでも留《とど》まっている保証はない。今このときにだって、外界へ出ようとしているかもしれないのだ。

「今日、もう一度七衛のもとへ行くぞ」

弥琴はほうきの柄を握り締め、頷いた。

そのとき。

——ガラァァン、ガラァァン、ガラァァン……

と、腹まで響くほどの鐘の音が、横丁中に鳴り渡った。どこから鳴っているのかも感知できない大きな音だ。

その鐘は、五度響いて、鳴りやんだ。

「な、なんですか今の。何事ですか」

明らかに尋常ではないことが起きているときの音だった。もしや地震でも来るのだろうかと弥琴は焦ったが、対して、燐は至極冷静だった。

「心配するな。この鐘は、幽世から何かがやって来たときの合図だ」

「あ、そ、そうなんですか？　え、でも幽世からって、もしかして」

「……まさか」

燐は立ち上がり、裏玄関を開けに行く。弥琴もほうきを持ったまま慌ててあとを追った。

すると、帳場の裏玄関の外……黄泉路横丁とはまた別の異空間に存在する、幽世の門の前に、ひとつの大きな影があった。

星も太陽もない常に薄暗い空。果てのない水辺の上を門まで渡す赤い橋と、恐ろしく巨大な鳥居の形をした、幽世の門。

「……あのひと」

弥琴は燐と共に、開け放った裏玄関に立ち、そのあやかしを待った。

橋に等間隔に灯るぼんぼりの間を、あやかしはこちらに向かい歩いてくる。

「おれは幽世の門の管理番、猫又の燐。おまえの名はなんだ」

あやかしが橋の真ん中に来たところで燐が叫んだ。

あやかしは……七衛と揃いの羽織を着た大猿のあやかしは、燐の言葉に返す。

「ましら兄弟の片割れ、猩々の八座」

その名は、かつて七衛と共に二ッ葉山を牛耳っていたあやかしの名だった。七衛の相棒であり、千年の眠りから目覚めた七衛が、捜し求めていた相手。

「我が兄弟の封印が解かれたと聞いた。会わせてくれ。七衛に」

八座はそう言って、頭を下げた。

「七衛が封じられたのは、おれを庇ってのことなんだ」

四枚並べた座布団の上に正座し、八座はそう話し出した。

弥琴が茶を出すと、大きな手で器用に湯呑みを取り、音を立てて茶を啜《すす》る。

(なんだか七衛とは随分印象が違うなあ)

燐の隣に腰を下ろし、弥琴は八座を見上げた。

七衛は手の付けられない野獣といったイメージであり、八座も似たようなものかと思っていたのだが、実際の八座は理性的であり、存外礼儀正しくすらあった。

(七衛も本当は、こんな感じなのかな)

混乱のせいで冷静さを欠いているだけなのであれば、なおのこと手荒な真似《まね》はせずに対話をしたい。八座は、そのための重要な鍵だった。

「おまえの相棒を封じたのは、空心という僧だと聞いているが」

八座を見上げながら燐が訊ねる。八座の前では燐が小さく見えるし、広い帳場も狭く感じる。

「そのとおりだ。兄弟揃えば怖いものなどなかったおれたちの前に、ある日突然やって来た」

七衛と八座は同じだけの強さを持ち、気も合い、いつしか共に過ごすようになって兄弟の盃《さかずき》を交わした。二ッ葉山を拠点としながら、たくさんのあやかしを従えて陸奥を牛耳り、好き放題に暴れ回っていたという。

七衛を封じることとなる空心が、ふたりの前に現れるまでは。

「あの僧、やけに強いうえにずる賢くて、おれは奴の仕掛けた罠《わな》にまんまとはまってしまったんだ。そして封じられかけたとき、七衛がおれを押しやって、代わりに封じの符を受けた」

そして大岩の下に閉じ込められたのだと、八座は語気を弱めて言った。つまり七衛は、八座を庇って封印されたのだ。

「七衛は最後、おれに逃げろと叫んだ。おれは、七衛を助けたかったが、あの僧の前では何もできなかった」

「それで、七衛の言うとおり逃げ、隠れ続けたと」

「ああ。だが逃げていたのは少しの間だ。間もなく幽世の門がつくられたからな。力の強いあやかしは、幽世へと棲み処を移すよう言われた。手下のあやかしたちは皆現世に留まることを許されず、おれもまた、幽世へ行けと命じられたんだ」

だが八座はそれを拒んだと言う。

「おれだけでは行けない。幽世へ行くなら、七衛の封印を解いてから共に行くと」

八座は決して幽世へ渡ること自体を拒否していたわけではない。ただ、大切な仲間をひとり残していくことができなかったのだ。

「そうして拒み続けていたら、あんたじゃないほうの管理番がやって来て……問答無用で殴られて、気を失って、その間に幽世に運ばれていた」

「それは、すまないな」

「いや、まあ、あんたに謝られることじゃない」

八座はぶ厚い下唇を突き出しながら頭を掻く。

「つまり、結局おれはひとりで幽世へ行くことになったわけだが。それから七衛に会いに行くために、何度も現世へ渡ろうとした。けれど千年間、一度だって許可が下りることはなかった。おれは危険だとみなされ幽世へ移された口だから、現世へ行くための審査がひと際厳しかったんだ」

「まあそうだろうな。現世から向かうのとは、ただでさえわけが違う」

「だが、七衛が起きたって知らせを受けて……だから現世へ行けと言われて、信じられなかったが、けど、すごく、嬉しかったんだ」

八座が膝に置いた両手をきつく握り締める。

千年という月日は、弥琴にとっては途方もなく長い日々だ。千年前のことも、千年後のことも、想像すらうまくできないほどに。

長命の者が多いあやかしは、人とはまた時の感じ方が違うだろう。だとしても、千年という時間は決して短くはないはずだ。むしろ、千年を生き続けることができるからこそ、人よりもさらに長く丁寧に時間が紡がれ、思いが積み重なっていくのかもしれない。

「やっと、あいつを迎えに行ける」

ずっと願ってきたことを、八座は口にした。

燐は、大猿の祈りにも似た呟きに、ひとつ静かに頷いた。

「ああ。行こう。おまえの相棒のもとへ」

＊

横丁の大門から二ッ葉山へ向かうと、待ちわびていたように三つ目たちがやって来たが、八座を見た途端に散っていった。

「別のあやかしなら、先にそうと言ってくださいよ！」

すぐに燐が捕まえ、事情を話すと、三つ目たちはやいやいと騒ぎ立てた。もちろん、燐のひと睨みで瞬時に大人しくなったのだが。

「言う間もなく逃げたのは誰だ？」

「わしらです」

「まったく、相変わらず逃げ足だけは速い奴らだ」

「へへっ、本能なんで」

「まあいい。おまえらが得意の足で逃げ惑うのも今日が最後だ」

燐が山の中を見渡した。木々のざわめきの聞こえる静かな山に、七衛の姿はない。

だが、必ずどこかに潜んでいる。七衛は今もひとり怯えて、この山で自分を守っている。

「手分けして捜そう。おれと弥琴は西側を、八座は東側を捜してくれるか。三つ目たちも協力してくれ」

「わかった」

「へえ。でも見つけたらすぐに逃げて構わんですか？」

「ああ、それでいい。居場所だけおれに伝えてくれ」

「へえ！」

散り散りになり、七衛の捜索を開始した。弥琴は燐に決して離れるなと言われているため、燐の背中にぴたりとくっついていた。

「七衛、出てくるでしょうか？」

着物と下駄で来てしまったからかなり身動きが取りづらい。これでは燐に迷惑をかけてしまうかもしれないと心配したが、もとより燐は歩き回る気がなさそうだった。こちらから見つけなくとも、向こうから現れると踏んでいるのだ。

「七衛はおれたちが山に足を踏み入れたことにはすでに気づいているはずだ。おまけにあちらこちらにあやかしを歩かせているから嫌でも刺激される。きっと誘い出されてくれるだろうよ」

「この間も、山に来てすぐに現れましたもんね。というか……もしかして、みんなをばらばらにしたのって、捜すためじゃなく餌にするためですか！」

「餌とは人聞きの悪い。囮《おとり》だ」

「一緒ですよ！　もう、三つ目さんたち、そうと知ってたら手伝ってくれませんでしたよ」

「だから言わなかったんだ。さて、七衛が誰の前に現れるか。八座ならともかく、三つ目たちのほうへ行ったら、そうだな、気の毒なことをしたと思わんでもない」

「せめて思ってあげてください……」

なんてことを言い合っていると、ふいに燐の耳がぴくりと動いた。

燐はさっと視線をどこかへ向ける。そちらにはまだなんの姿もない。木々と木々の間に、茶色い葉が一枚ひらりと舞う。

「燐さん、まさか……」

弥琴は燐の背中に隠れ、息をひそめた。風すらやむ、静かな山の中。

「ああ。三つ目たち、命拾いをしたようだ」

燐が小さく笑う。その瞬間。

「ぶるあああああああ！」

地響きにも似た叫びが静寂を破った。

燐と弥琴の見ていた先から、紅い体毛の大猿……七衛が、荒々しい鼻息を噴き駆け下りて来る。

「ひええ！　燐さん！」

「おれの後ろにいろ弥琴、大丈夫だ」

「は、はいぃ！」

弥琴は燐の羽織をぎゅっと握っていた。

七衛が迫り来る中、燐は右手を構えながらも攻撃せず、その場を動かない。

「ぶるるるるぅ……！」

七衛が地面を蹴るごとに大地が揺れた。枝から葉が次々と落ち、敷かれた落ち葉が跳ね上がる。

「ぶあああああああああ！」

猛《たけ》り立つ声が間近で聞こえた。

弥琴は思わず両目を閉じた。

「七衛!」

——どしんと、何かがぶつかり合う音がした。

燐はやはり一歩も動いていない。燐と七衛が衝突したわけではないようだ。

弥琴は恐る恐る目を開ける。すると、弥琴と燐の目の前に、紅い毛と、緑の羽織の大きな背中が見えた。

「七衛、おれがわかるか!」

七衛の両手を摑み、八座は叫ぶ。七衛の呼吸はまだ荒い。二体の押し合いは、徐々に八座が後退していく。

「七衛! なあ、兄弟よ!」

八座はもう一度その名を叫んだ。

すると、押し合う力がわずかに緩み、唸るような気息の隙間に、

「……八座?」

と、声がした。

「ああ、ああそうだ、七衛、我が兄弟! 八座だ、おまえの片割れだ!」

八座は七衛の手を離し、代わりに肩をきつく摑んだ。

七衛は、先ほどまでの恐ろしい形相とは違う、まるで呆《ほう》けた顔つきで、目の前にい

るかつての仲間を見つめている。

そして。

「……八座。おまえ、本当に八座か」

「そうだ。七衛！　やっと会えた！」

八座が七衛を抱き締めた。

ややあって、八座の大きな背を、七衛の腕が抱き返す。

「八座、ああなんてことだ！　おまえ……生きていたんだなあ！　よかった！　よかった！」

「本当だ！　七衛、おれはおまえにずっと会いたかったんだ」

「おれもだ八座よ！　無二の相棒よ！」

七衛の両目から大粒の涙が零れた。凄《すさ》まじい咆哮ばかりがもれていた喉からは、とめどなく嗚咽《おえつ》が溢《あふ》れている。

その姿は、この一帯を恐怖に陥れていた大猿には到底見えなかった。

七衛のしたことは紛れもない事実であり、許されることでもない。ただ、やはり七衛は、怖がっていただけだったのだ。心細く、寂しく、友の呼び声を待っていただけだった。

「八座……おれは」

「ああ、わかっている。怖かっただろう。おまえは千年もの間眠りに就いていたんだ」

「目が覚めたら、おまえはどこにもいないし、従えていたあやかしたちもいない。ここはおれの知る山であるはずなのに、麓は見知らぬ景色であったし、人が山に入り、おれよりも大きなからくりを使って木と大地を削っていた」

「そうだ。千年の間に人の世は大きく変わってしまった。この地にましら兄弟を知るあやかしもほとんどいない」

八座は体を離し、七衛と正面から目を合わせる。

「今やこの地に、我らの生きる場所はない」

はっきりとそう告げた。

ここに七衛がいても、他のあやかしは怯えるばかりであり、反して人はあやかしを恐れない。ましら兄弟が野山を駆け回り、頂点から自由と享楽を謳歌《おうか》していた日々は、すでに過去のものであるのだ。

「この山はもう、おれたちのものじゃないのか？」

「そうだ、七衛。ここは、おれたちの地ではない」

「……なら、どこに行けばいい？　おれの棲む場所は、どこにあると言うんだ！」

「幽世に」

八座の答えに、七衛は目をしばたたかせる。

「……幽世？」

「そうだ。おれは今そこで暮らしている。ここことは違うあやかしの世だ。幽世にならばおまえの居場所がある。自由もある」

「……」

「なあ七衛よ、共に行こう。おれと、幽世へ」

八座が右手を伸ばした。

七衛は、差し出された手をじっと見下ろす。

ふたりの間に枯れ葉が落ちた。ここらに生える木々すらも、きっと、かつてのふたりを知りはしないのだろう。

「……ましら兄弟。揃えば怖いものなどない」

七衛の呟きに、八座がはっとする。

七衛は顔を上げ、大きな口でにいっと笑った。

「兄弟よ、おまえとならば、どこへでも」

そして小気味よい音を立て、手と手が強く合わさった。

繋ぎ目はもう、離れることはなかった。

*

「あんたには迷惑をかけた。悪かったな」

屋敷の帳場にて、座敷の上がり框《がまち》に腰かけた七衛が苦々しく笑う。

「構わん。それがおれの仕事であるし、三つ目たちも平和が戻ればそれでいいと言っていた。人のことは人がどうにかするだろうから、気にするな」

「まあ、言われなくとも気にしちゃいないが。なぜならおれとて暴れるのが仕事のようなものだ。なあ八座よ!」

数秒前のしおらしさが嘘のように豪快に膝を叩く七衛に、今度は燐が苦笑した。

八座は小さな湯呑みで茶を飲みながら、嬉しそうな顔をしている。

「これからおまえたちを幽世へ送る。七衛、ここにおまえの名を」

燐は出入帖に七衛の名前を書かせ、その上から朱色の判を押した。名を書いた紙の下に木札を敷き、燐が手をかざすと、出入帖から赤い炎が立ち上る。

ほんの一瞬で炎が消えたのち、紙はわずかも燃えずに残っていた。そして引き出した木札には、出入帖に記した七衛の名が写されていた。

「八座、おまえも出入帖に名を書いていなかったから、今書いてくれ」

「そう言えば書いた覚えがないな。あのときはそんな余裕などなかったから」

「何？　八座よ、おまえは一体どんな状況で幽世へ行ったんだ？」

「それが、殴られて、無理やりだな」

「なんだって！　おれの兄弟を殴っただと！　どこのどいつがそんなこと！」

喚《わめ》き出す七衛に、燐がこれみよがしに顔をしかめる。

「ああやかましい。静かにしろ。八座を殴った奴なら幽世にいる。あちらではどれだけ暴れても構わんから、向こうに行ってからやってくれ」

名を記した木札を渡し、燐はさっさと座敷を下りた。帳場の裏玄関を開け、幽世の門への道を開く。

「おふたりとも、お見送りしますね」

弥琴は燐と共にましら兄弟を先導して歩いた。

赤い欄干の橋。果てのない水辺。灯るぼんぼり。昼も夜もない空。

そして、聳《そび》え立つ幽世の門。

「世話になった」

「ああ。達者でな」

「ずっとおふたり仲良く」

「もちろんだ。幽世で、ましら兄弟の名を轟《とどろ》かそうぞ！」

ここから先は、弥琴も足を踏み入れたことのない、本当の異世界。

あやかしの世界。

「ではな、猫又殿。そして人の子よ！」

二体の大猿が大きく手を振った。その姿はやがて、大猿すらも小さく見えるほどの巨大な鳥居の向こうに消え、見えなくなった。

静かになった空間に、彼らの故郷の葉が二枚、ひらりと舞って、重なって落ちた。

第二話

現世の門の管理番

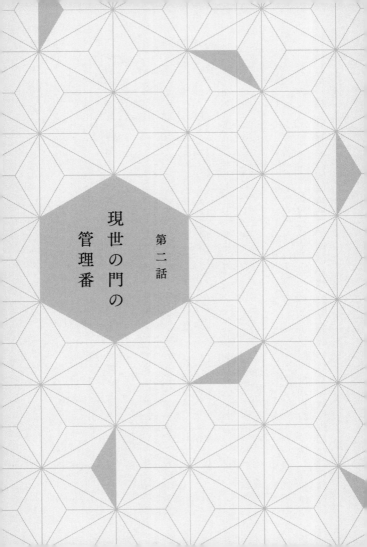

燐の屋敷は広い。数寄屋門をくぐると左手側に立派な庭があり、正面には平屋造りの帳場がある。右手には二階建ての住居が建っていて、その裏にもまた趣のある庭が造られていた。

ふたりで住んでも広すぎるこの家に、燐は長年ひとりで暮らしていたのだというから驚きだ。タロとジロがいるし、とくに寂しさは感じなかったと言うが、それはそうと使っていない部屋が多くもったいないと思っていた、と燐は言っていた。

確かに、住居には用途のない部屋がいくつかあった。そのおかげで、弥琴はこの家に住み始めて早々自室をもらえ、悠々と過ごせているわけであるのだが。

弥琴は最近そのことで、少し悩んでもいるのである。

「おやすみなさい、燐さん」

「ああ。おやすみ弥琴」

夜、寝支度を整えると、弥琴は必ず一階にある燐の部屋へ挨拶に行く。燐の部屋は、裏庭が一番よく見える場所にあり、燐はいつも障子を開け放って庭を眺めながら酒を飲んでいる。

挨拶を済ませた弥琴は、タロとジロと共に二階にある自室で就寝する。燐が寝るのはもちろん、一階の自分の部屋で。

寝るのは別々。これが燐と結婚してからの習慣だった。

そして、弥琴の悩みの種でもあったのだった。

(わたしたちって、本当に夫婦と言えるのかな?)

名目上、燐と弥琴は確かに夫婦である。お互いと、仲間であるあやかしたちの前で、ふたりは夫婦の誓いも交わしている。

もとは契約上の結婚であった。仕事と家を失った弥琴は、衣食住の確保のために、嫁を探していた燐のもとへと嫁いだのだ。

当初は、燐があやかしの嫁を見つけるまでとの約束だったが、燐は次の嫁を探そうとはせず、弥琴と寄り添い続けるつもりでいるようだった。ならばと弥琴も腹を決め、かりそめではない妻になろうと思ったのだが。

(今のわたしって、どう見てもただの居候では?)

別に一緒に寝ることが夫婦の証と思っているわけではない。燐が弥琴を妻と認め、弥琴が燐を夫だと認めているのなら、間違いなく夫婦だ。それなりに仲睦《むつ》まじくやっているとも思っている。日々の生活だってきちんと支え合っている、と思う。

だとしても、何も知らない赤の他人が自分たちの生活を見て、果たして夫婦と思ってくれるのかと考えると、とてもじゃないが頷けなかった。

（わたしは一体燐さんのなんなのだろう……）

燐は弥琴と寝室を共にすることを拒んでいない。むしろいつでも来ていいと結婚当初から言われている。ふたりで寝ることを断っていたのは弥琴のほうだ。嫌だというよりは、恥じらいがあったからであった。

今は一緒に寝てもいいと思っている。それどころか早く同じ部屋で寝られるようになればとさえ思っている。が、言い出す機会を完全に見失ってしまっていた。共に寝ることに抵抗はなくても、一緒に眠りたいと言い出すことにはたまらない気恥ずかしさがあるのだった。

こんなことで夫婦と言えるのだろうかと、弥琴は悩み続けているのである。できればもう少し夫婦らしくありたいが、どうしたらいいのだろうか。

（そもそも夫婦らしさとは一体……夫婦って、なんだろう……）

だんだんと哲学的な思考に発展しかけ、弥琴は考えるのをやめた。そうして悩みは解決しないまま、日々は続いていく。

＊

弥琴が住居の掃除をしていると「ごめんくださぁい」と玄関から声が聞こえた。

「はあい、今行きます」

雑巾を置いて玄関へ向かい、戸を開ける。軒先に、弥琴の胸元まで背丈のある鷺《さぎ》が一羽立っていた。

「どうも、お届け物です」

「ありがとうございます。いつもご苦労さまです」

鷺と言っても人語を喋る鷺である。つまり普通の鳥ではなく、あやかしの一種であった。あやかし界隈《かいわい》で最も利用されている宅配業者、アオサギ急便の配達員だ。

「こちらです。確認してください」

鷺の前には取っ手の付いた籠が置いてあった。中に箱がひとつ入っており、弥琴はそれを取り上げる。

「狐塚さんからだ」

箱に書かれた宛先は燐と弥琴、そして差出人は玉藻結婚相談所の相談員、妖狐《ようこ》の狐塚であった。

「では、またのご利用お待ちしておりまぁす」

鷺は翼を大きく広げはばたくと、足で籠を掴んで飛び去って行った。

弥琴は荷物を持ったまま、内廊下を通って帳場へと向かう。帳場に訪問者はおらず、燐が机に頬杖を突きながらうたた寝をしていた。

「燐さん、お昼寝するなら横になってしてください」

弥琴が肩をゆすると、閉じていた燐の目が薄く開く。

「……寝てない」

「寝てましたよ。座りながら眠るのは危ないですよ」

「だから寝ていない」

と言いながらも大あくびをし、燐はぐっと両手と尻尾を上に伸ばした。

「それで、どうした弥琴、何か用だったか？」

力を抜き、燐はいまいち開ききらない目を弥琴へ向ける。

「あ、はい。狐塚さんから荷物が届いたんです。燐さんとわたし宛てだったので、一緒に中を見ようかと」

「狐塚から？　なんだろうな」

狐塚は、燐との結婚の際に世話になった狐のあやかしだ。玉藻結婚相談所というあやかし専用の結婚相談所に勤めており、弥琴が事務所へ偶然迷い込んで足を踏み入れたことから縁が始まった。

狐塚――というよりも妖狐の多くが、だろうか――は他のあやかしに比べ人の社会に精通しているようで、見た目も完璧な人の姿をしていた。

燐のように獣の耳が生えているわけでもなく、髭《ひげ》も尻尾ももちろんない。スーツをきっちりと着こなし、さらには物腰も柔らかく愛想までいい。そのため弥琴は初対面のとき、狐塚があやかしであるとは思いもしていなかった。

狐塚は、玉藻結婚相談所を訪れた弥琴を、人と知りながらも客として受け入れ、お見合い相手として燐を紹介した。弥琴はあやかしのことを知らされておらず、つまりは狐塚に騙《だま》されていたとも言えるのだが、燐との縁を結んでくれた狐塚に対し、なんだかんだと感謝しているのであった。

「狐塚さん、祝言には来てくれましたけど、それ以来お会いししていないですねえ」

「そんなものだろう。狐はどいつもこいつも常に忙しくしている。会えていなくともそこらで元気に商売しているさ」

「玉藻結婚相談所も二十四時間営業ですしね」

弥琴は箱の包み紙を取り、蓋を開けた。

中にはアルバムと一通の手紙、さらに薄型の箱がひとつ入っていた。アルバムに挟まっていたのは、ふたりの祝言のときの写真だった。

燐と弥琴の姿はもちろん、主役そっちのけで歌い踊り飲むあやかしたちの姿や、ふたりを祝いに来てくれた友たちの笑顔。めでたい日に賑わう横丁の景色が、一冊の本にいくつも残されている。

「これはすごいですね！」

「ほう、粋なことをしてくれるじゃないか。写真機を持っていたから、記念に何枚かくれるものとは思っていたが」

「わたしもです。こんなにたくさん撮ってまとめてくれるだなんて。これとか、いつ撮ったんでしょうか」

　写真を見ながら燐と笑い合う。祝言を行ったのはたった数ヶ月前のことだが、楽しかった思い出ほど、随分遠いものに思える。

アルバムの写真は数十枚にものぼった。どれもいい写真ばかりだから、これでも厳選して挟んでくれたのだろう。

「ここまでしてくれるとなると、さすがにサービスとはいきませんよね。おいくらくらいになるんだろう」

「いや、どうやらそれは贈り物らしい。対価はいらないと」

　狐塚からの手紙を読みながら燐が言う。

「へえ、そうなんですか。すごいなあ、玉藻結婚相談所って、こんなサービスもしてくれるんですね」

「普段はしていないんじゃないか？　そもそも祝言を執り行うあやかし自体滅多にいない。まあ、滅多にいないから、だろうが」

燐に手紙を渡された。内容に目を通すと、人の文字で丁寧に、祝言のときの写真をまとめたアルバムをプレゼントする旨と、代わりにふたりの写真を玉藻結婚相談所の宣材として使わせてもらう旨が記されていた。ちなみにこれはお願いではなく、決定事項の報告だ。

「……宣材？」

弥琴は首を傾げる。

「えっと、わたしたちの写真が広告になる、ってことですかね？」

「そのようだな」と燐が答える。

「祝言は婚姻の象徴だ。おれたちの祝言の画《え》は、この相談所が縁で結ばれたというわかりやすい見本になるのだろうよ。あやかしの祝言など珍しいから、好機とでも思っていたんじゃないのか」

「確かに、ただのツーショットの写真よりは、結婚式の写真のほうが説得力ありますもんね」

「それにおれの名は現世に広く知られているから、より宣伝力が強い。まったく、うまく使われてしまったな」

燐の声色はやや呆《あき》れ気味だが、顔つきはさほど嫌がっているようには見えない。

「なるほど……ならこのアルバムは、モデル料といったところでしょうか」

「となると随分安い気もするが」

「ふふ、まあいいじゃないですか」

弥琴はアルバムを再度初めから開いてみた。一ページ目には、袴《はかま》姿の燐と白無垢《しろむく》を着た弥琴とが、横丁に敷かれた赤い絨毯《じゅうたん》の上で並んでいる写真がある。カメラを向けられているとは意識していない表情だ。

自分でも、これがいつ撮られたものであるのかまったく覚えていなかった。それほど何気ない瞬間であるのだ。燐と頬を寄せ合い、何かを見て、笑っている姿。

(わたしこんな顔してたんだ。楽しかったもんなあ)

祝言とは言っても、あっという間に式次第を無視した無礼講の大宴会になってしまった。ひたすら賑やかで愉快な会だった。

特別な一日は、一日で終わる。けれどこの場所で平凡な毎日を過ごしていきたいと思える、そんな一日だった。

(写真をいろんなひとに見られるのは照れくさいけど、でも、ちょっと嬉しいかも)

弥琴はだらしなくにやけた。燐と結婚する前……人間社会で社畜をしていた頃の自分が今の姿を見たらどう思うだろうか。変わりすぎていて、きっと、自分だと思わないかもしれない。

それほどに、今の縁が重なり結ばれてから、日々が変わった。

「なあ弥琴、それには何が入っているんだ？」

「え？　あ、これですか？」

燐に言われ、弥琴はアルバムと共に入っていた薄い箱の存在を思い出した。アルバムよりも少し小さい長方形の箱だ。形状からするとこちらにも本のようなものが入っていそうだが、それにしてはやや軽いように思う。

端から箱を開けて中身を取り出す。入っていたのは写真立てであり、やはり祝言のときに撮られた写真が一枚収められている。

「わあ！　燐さん、見てください」

「ああ、いい写真だな」

赤い絨毯の上で装花に挟まれて並び、ふたりで写った写真だ。真っ直ぐにレンズを見つめ、燐はふんわりと、弥琴は少々緊張気味に、けれど心からの笑みを浮かべている。

この写真には覚えがあった。三献の儀を済ませ、会場がすっかり宴会モードに入って間もなく、狐塚がやって来て撮影したものだ。

他の写真はレンズを向けられさっとポーズを取ったり、いつの間にか撮られていたりしたものばかりだったが、この写真だけはきちんと姿勢を正し、写される準備をしてから撮ったものだった。

　おかげで、お澄まし顔が苦手な弥琴は他のどの写真よりも硬い顔をしている。それでも確かに笑んで、夫婦並んで写っている。凛《りん》とした袴姿の新郎と、美しい白無垢を纏《まと》った花嫁。

　四角く切り取られた思い出は、他のどの瞬間よりも大安吉日の佳《よ》き日を写したいい写真だった。

「自分で言うのもなんですけど、素敵ですね。いつまでも見てしまいそう」

「そうだな。さて、どこに飾ろうか」

　燐が写真立てを手に立ち上がる。

「あ、ちょっ、待ってください。飾るって、もしかして帳場にですか？」

　座敷をうろうろとしだした燐にまさかと思い声をかけると、燐はさも当然といった様子で「そうだが」と答えた。

「何か問題が？」

「あ、ありますよ！　だってここ、いろんなひとが来るじゃないですか」

「だからだろうが。ここに置いておけば皆に見せつけてやれる」

「恥ずかしいですよ！」

「何を。結婚相談所の広告になるのは構わんと言ったくせに。そちらのほうがよほど大勢に見られるぞ」

「そうですけど、自分たちで見せるってのはまた違うじゃないですか」

燐はこの様子だと目立つところに置こうとするだろう。来るあやかし来るあやかしすべてに目の前で自分の写真を見られるのはさすがに恥ずかしい。

「い、家のほうに置きましょう。ふたりの思い出として、わたしたちが日頃よく見る場所に」

燐の手からさっと写真を奪い、「ね」と小首を傾げて問いかける。

燐はむすりとした顔をしていたが「弥琴が言うなら」と渋々納得してくれた。

「ありがとうございます。居間に飾りましょうか」

「アルバムの写真も何枚か抜き取って額に入れよう。おれの部屋にも置きたい」

「そうですね。そうしましょう」

「思い出を思い返せるのはいいことだ」

燐が目を細める。弥琴は燐の柔らかな表情を見つめ、それから腕に抱いていた写真立てを改めて眺めた。

同じ場所を向いて隣り合うふたり。これからを共に歩む約束をした日。縁が重なり結ばれた、唯一の相手。

「……なんだか、本物の夫婦みたいですね」

口に出してからしまったと思った。

振り向くと、案の定燐が思いきり顔をしかめていた。

「何を言っている？　おれたちは本物の夫婦だろうが」

「そう、そうですよね」

「なんだ、まだ自分はかりそめの花嫁だとでも思っているのか？」

「いえ、そういうわけではないんですけど」

夫婦というものの在り方について考えていたところだったから、つい零してしまったのだ。燐の妻としての自分に、いまだに自信が持てずにいるから。

「すみません……」

目を伏せるとため息が聞こえた。

頭に燐の手のひらが乗る。

「謝らなくていい。ただ、寂しくなるようなことは言うな」

顔を上げると、目が合った燐が眉尻を下げた。

こんな顔をさせたいわけではない。むしろ、燐にはいつまでも、幸せに笑っていてほしい。

「……はい」

弥琴は小さな声で、そう返事をした。

その日の夜、弥琴は自室で寝る支度をしながら、いつまで経ってもタロとジロが来ないことを不思議に思っていた。

いつもなら布団を敷く前にはやって来て、敷布団の上で転がり回るのだが、今日は掛け布団まで敷き終えても二匹とも部屋へ現れない。

（お昼に布団を干したからふかふかなのになあ。燐さんに挨拶に行くついでに捜して連れてこよう）

部屋を明るく照らす鬼火を消し、代わりに枕元の行燈《あんどん》に火を点《つ》けた。

燐の部屋へ行こうと廊下へ続く障子に手をかける。すると、まだ力を入れていないのに障子がからりと開いた。

「燐さん」

廊下に燐が立っていた。寝巻きの浴衣に夜用の羽織を着ている。風呂を済ませたばかりの髪は、まだわずかに湿っているようだ。

「ちょうど今からおやすみなさいと言いに行こうと思ってたんです。どうされたんですか？」

「タロとジロが、今日はおれの部屋で寝ると。それを伝えに来た」

「あ、そうなんですか。わかりました。でも、わざわざ燐さんのほうから来てくれなくてもよかったのに」

毎夜欠かさず燐の部屋へ挨拶に行っているのだから、そのときに言えばいいものを。律儀に伝えに来てくれるあたり、おかしなところで真面目なのだからとつい笑ってしまう。

「じゃあ、今日はちょっと寂しいけど、ひとりで寝なきゃですね」

おやすみなさいと言おうとすると、

「弥琴」

と先に燐に呼ばれた。しかし、呼んだわりに燐は何も言おうとせず、内心の読みづらい表情を浮かべるばかりだ。

「燐さん？」

何かあったのだろうかと、おずおずと声をかけた。

燐が睫毛《まつげ》を少しだけ伏せる。

「……今日はおれが、弥琴と一緒に寝てもいいか？」

弥琴は一瞬思考を止め、「へ？」と間の抜けた声を上げた。燐は目を合わせず、やはり長い睫毛で瞳を隠している。

「別に、何もしない。ただ、共に眠りたいだけだ」

「……あ、えっと、はい」

ほぼ何も考えずに承諾してしまった。燐は上目でちらりと弥琴を見て「そうか」と短く返事をした。

燐が一歩部屋へと入り、後ろ手で障子を閉める。同時に、廊下の照明がふっと消えた。

行燈のともしびが照らす室内。窓の外には横丁の提灯の灯《あか》りがわずかに届き、あやかしたちの賑わう声が遠くに響く。

燐の琥珀色の瞳が暗闇の中に光っていた。弥琴は、心臓がどっと鳴る音を聞いた。

（燐さんと……一緒に）

酒を飲み交わし、語り合いながら夜を過ごしたことは何度もある。けれど隣で眠ったことは一度もない。夫婦として共に在ることを誓い、心までも許した今、いつか並んで朝を迎える日が来たらと思ってはいたけれど。

「どうした弥琴、寝ないのか？」

「あっ……はい、寝ますっ」

弥琴は慌てて布団に向かった。いそいそと敷布団を捲ったところで、羽織を脱いでいる燐を見上げる。

「あの……お布団が、ひとつしかなくて」

「タロとジロとはこの布団で共に寝ているのだろう」

「そう、ですね」

「ならおれも一緒でいい」

燐は座布団を枕にして横になる。弥琴はひどく緊張しながら、燐に背を向ける形で布団に入った。

いつもは敷布団を鼻先まで持って来るが、今日は燐の分を取ってしまわないよう、肩が出る辺りで留めた。体は触れていないのに、妙に背中が落ち着かない。とても眠れそうにないほど心臓が速く打ち続けている。

（いい歳《とし》してこんな思春期みたいな……恥ずかしい）

恋人がいたことならある。こんな経験は初めてではない。異性とただ並んで眠るだけなら中学生のときにだってしたことがある。

なのに燐が相手だと、何もかもが初めてのように緊張してしまう。つい深く考えすぎてしまうし、今すぐ逃げ出したいくらい恥ずかしい。でも、ずっとこうしていたいとも思う。

（わたし、たぶん、ちゃんと誰かに恋をしたの、燐さんが初めてなんだな）

弥琴というひとりの存在を認め、求めてくれた燐を、いつの間にか弥琴も特別なひとと思うようになっていた。

燐は他の誰とも違う。自分の手で、幸せにしてあげたいと思うひとだ。

「弥琴、冷えるぞ」

燐が敷布団を引っ張り上げる。昼間にたくさん浴びた太陽の匂いと共に、うっすらと白檀《びゃくだん》が香った。

（燐さんの匂いだ）

緊張しきっていた心身が和らぐ。徐々に鼓動も落ち着き始め、目を閉じれば緩やかに眠気が寄せてくる。

「なあ弥琴」

背中からかかる声は、ほんの少し掠《かす》れていて、ガラス細工に触れる指先のように優しかった。

弥琴は燐の声が好きだった。自分を呼ぶときの燐の声は、他の誰かに話しかけるときとはまるで違うから。

「おれの妻になってくれてありがとう。おれは、おまえが共にいてくれるだけでいい」

髪の先に燐が触れる気配がした。触れたのは、髪の先だけだった。

「おやすみ、いい夢を」

燐が寝返りを打つ。弥琴は振り向くことも答えることもできなかった。

枕の端をぎゅっと握り締める。なぜだか無性に、涙が出てしまいそうだった。

＊

翌朝目覚めると、すでに燐の姿は隣になかった。

もしや夢だったのだろうかとも思ったが、布団に白檀の香りが残っていて、燐がここにいたことが夢ではないことを知った。

顔を洗い着替えてから居間へ行くと、燐が朝食を並べていた。今日の献立のメインは高野豆腐だ。

「おはようございます」

「ああ弥琴、おはよう。よく眠れたか？」

「……はい、おかげさまで、いい夢を見ました」

「そうか。おれもだ」

燐が微笑むから、弥琴は気恥ずかしくなり目を逸らした。

「えっと、今日も美味しそうですね。わたしも手伝います」

「ああ、頼む」

おひつからごはんをよそい、湯呑みに茶を注ぐ。そうしているうちに、タロとジロもやって来る。

「いただきます」

卓を整え、揃って食事を始めた。相変わらず燐の作る朝食は美味しく、朝から身も心も満たされる。

「そうだ弥琴。食事を済ませたら、ちょっと出かけてくる」

と、食べている途中で燐が言った。気まぐれに出かけることは多々あるが、こんなふうに事前に今日の予定を話すのは珍しい。

「そうなんですね。わたしも一緒に行きましょうか？」

「いや……ひとりで大丈夫だ。おれが不在の間は仕事もないから、弥琴はのんびりしていてくれ」

「はあ、わかりました」

なぜか一瞬言い淀《よど》んだのが気になったが、あまり詮索するのもよくないだろうと問い詰めないことにした。夫婦といえどある程度の距離感は必要だ。燐だって、弥琴に言いたくないことも、ひとりで出かけたいこともあるだろう。

（どこに行くのかも気になるけど……鬱陶しがられたら嫌だもん、素直に燐さんの帰りを待とう）

燐は黙々と食事を続けている。どこかいつもよりも急いで食べているように見えるのはきっとただの気のせいだ。そう思いながら、弥琴は高野豆腐をひと口で食べた。

燐を見送った弥琴は、帳場に置いてある茶葉がなくなっていたことを思い出し、黄泉路横丁内の店に買い出しに出かけた。

夜毎あやかしたちがお祭り騒ぎを繰り広げる黄泉路横丁も、日が出ている間はしんと静まり返っている。とはいえあやかしたちが消えたわけではなく、通りの両脇に建ち並ぶ家々にて、各々の時間を過ごしているのである。

ある者は寝て、ある者は遊んで、またある者は店を営んでいたりする。呉服屋に書店に甘味屋など。黄泉路横丁は案外と、ここだけで生活に必要なものが揃うようになっているのだ。

「ごめんください」

茶葉を売っている店に入ると、顔馴染みのあやかしが出迎えてくれた。ひょっとこのお面そっくりの顔をしたあやかしだ。決してお面を着けているわけではなく、これが素顔だそうだ。

「やあやあ奥方。いらっしゃい」

「こんにちは。玉露とほうじ茶を二十匁《もんめ》ずつください」

「はいよ」

ひょっとこはてきぱきと茶葉を量り、袋に詰めていく。

「そういえば、先ほど燐様がお出かけになるのを見ましたよ」

お代代わりの瑪瑙《めのう》を渡したところで、ひょっとこが思い出したように言った。

「ええ。どこかに行くって言っていて。どこに行くのかは知らないんですけど」

「ご心配なく奥方。燐様はモテモテですけど誠実なお方ですし、今は奥方にぞっこんですから、不義をはたらくようなことしませんよ！」

「いや、そんな心配はしていませんけど……」

苦笑する。仮に燐が弥琴以外の者に心惹《ひ》かれることがあったとしても、燐はいちいち隠さないだろう。そんな面倒なことはせずに弥琴を手放すはずだ。

たとえ他に相手がいなかったとしても、もしも弥琴に愛想を尽かすことがあれば、そのときもやはり回りくどいことはしないで弥琴と別れるに違いなかった。

だからこそ、燐がそばに置いてくれるうちは燐も自分を大切に思ってくれているのだと安心できる。

ただ、いつか燐が自分に飽きたらと……あやかしの嫁を見つける日が来たらと、そんな不安は常に持っているけれど。

（わたしがいなくなったあと、長い間燐さんのそばにいてくれるひとがいてほしいと思うのも、本心なんだけどね）

人としての寿命しかない弥琴は、燐の人生にいつまでも寄り添うことができない。弥琴がいなくなったあと、燐にひとりきりに戻ってほしくはなかった。だから、燐と同じ長さを生きられるひとに彼の隣にいてほしい。

そう思うのと同時に、自分の命がある間は、自分だけが燐の妻でありたい。

(強欲だなあ)

一時的な生活の保障だけが目的で結婚したはずなのに、いつの間にか、望みが増えていく。

(前は九十歳くらいで老衰で死ねたらと思っていたけど、それでも生き足りないと思うなんて)

望みは少ないほうがいい。潰《つい》えたとき、辛くなるだけだから。

わかっていても望んでしまう。燐の唯一でありたいと。

「どうもありがとう」

弥琴はひょっとこから茶葉を受け取った。「まいどあり!」と元気よく言うひょっとこに、弥琴は笑顔で頭を下げた。

そして店を出ようと踵を返した、その瞬間、

──ガラアァン、ガラアァン、ガラアァン……

大きな鐘の音が横丁に響く。

どこから鳴っているのかよくわからないが、上のほうから聞こえる気がして、弥琴は思わず天井を見た。ひょっとこも同じように顔を上げている。

「おや珍しい。ついこの間鳴ったばかりなのに」

この鐘の音は幽世からあやかしがやって来る合図だ。現世から渡るのと違い、幽世からこちらへ来るのはハードルが高い。そのためやって来るあやかしは滅多にないと聞いていた。

事実、弥琴が黄泉路横丁へやって来てから鐘の音を聞いたのは二度だけだ。一度目は猩々の八座をこちらから呼んだとき。それから間を空けずして、今二度目の音を聞いた。

「どうしよう、燐さんがいないときに。幽世からのあやかしなんて、わたしひとりで対応できるかな……」

「大丈夫ですよ奥方。どうせ燐様でなければ帳場の裏玄関を開けることはできないんですから。幽世の門を通ってきても、そのあやかしは燐様が帰ってくるまで帳場に入ることはできません」

「あ、それもそうか」

「外で待たせておけばいいんです。いつもそうしています」

裏玄関の外には椅子すらないけれど、と思いながらも、どうすることもできないので、とりあえず弥琴は頷いた。

燐に連絡を取る手段もないし、帰ってくるのを待つしかない。

「でも、迎える準備だけはしておこうかな。このお茶、早速使わせてもらいますね」

「ぜひぜひ」

弥琴は再度礼を言い、店を出た。明るく静かな横丁を下駄で駆け、燐と暮らす屋敷へと戻る。

数寄屋門を抜け、左手に庭を望みながら真っ直ぐ行き、帳場の表玄関へ入った。表玄関から裏玄関までは、間にある座敷を左から囲む形で、通り土間のような廊下で繋がっている。表玄関を入るとまず衝立《ついたて》があり、その向こうには、格子壁越しに座敷が見えていた。

弥琴は廊下を進もうとして、ふと足を止める。

座敷に、誰かがいたからだ。

(燐さん、じゃ、ない。わたしがお店にいる間に、あやかしが来てたのかな)

現世側からなら帳場へ自由に入れるから、燐と弥琴以外の姿があることは不思議ではない。この場合も結局は燐を待つしかないが、茶菓子を用意して応接するくらいなら弥琴にもできた。

けれど、弥琴は踏み出そうとした足をやはり止めた。

……裏玄関が、開いている。

（えっ、なんで？）

燐が出かける前に、閉まっているのは確認したはずだ。ならば燐が帰っているのだろうかと捜してみても、姿はどこにもない。

（どうして玄関が……というか、玄関が開いてるなら、つまりこのひとって、幽世から来たあやかし？）

弥琴は息をひそめ、座敷に寝そべるあやかしを格子壁越しに覗《のぞ》いていた。

すると、

「誰だ」

と低い声が問いかける。

弥琴はびくりと肩を揺らした。あやかしはこちらを向いていないが、問うている相手は弥琴だろう。

恐る恐る座敷のほうへ回り、通路に立ったまま頭を下げる。

「み、弥琴と申します」

「弥琴？」

「すみません。管理番の燐は、今は不在でして」

あやかしは起き上がり、弥琴を見た。

若い男性の姿をしたあやかしだ。烏羽色《からすば》の髪と真っ赤な瞳を持ち、黒地の着物を臙脂《えんじ》の帯で留めている。

そして燐と同じく、頭に髪と同色の猫耳が生えていた。猫の尻尾も生えているが、こちらは燐と違い、先が分かれていない。

（猫又……じゃない？　誰だろう、このひと）

謎の黒猫のあやかしは、弥琴を睨みながらくんと鼻を鳴らす。

「てめえ、人か？」

ドスの利いた声音に、弥琴は蛇に睨まれた蛙《かえる》となった。

（怖すぎる！）

頷くこともできない弥琴に、黒猫のあやかしは窺うような視線を向けながら近寄ってくる。顔立ちは儚《はかな》げな美青年に見えなくもない。けれど、浮かべる表情のせいでか弱い雰囲気など微塵《みじん》も感じない。

（幽世のあやかしって言っても、向こうの管理番さんに許可されないと来られないはずだから、怖いあやかしは来ないと思ってたのに……）

黒猫のあやかしは上がり框に立ち、前のめりになって弥琴に顔を近づけた。整った綺麗《きれい》な顔だ。こんな状況でもなければ見惚《みと》れてしまっただろう。今は、こんな状況なので、見惚れる余裕などもちろんない。

「……まさか、てめえが」

薄く開いた唇の端から青い炎が漏れ出ていた。隙間には鋭い牙も見える。のどの奥からは獣のような唸り声まで聞こえていた。

よくわからないが、とても機嫌が悪いのだろうことだけは明白だった。

(燐さん、助けてぇ……)

心の中で叫んでも、燐は助けに来なかったが、代わりに、

「奥方ぁ」

と、お茶屋のひょっとこの声が表玄関のほうから聞こえた。

黒猫のあやかしは、弥琴に顔を寄せたまま瞳だけそちらに向ける。

「奥方の性格的におひとりでは不安がるだろうと思いましたので、お手伝いに来ましたよ……って、ひゃああ!」

座敷に回ってきたひょっとこは、黒猫のあやかしを目にすると悲鳴を上げながら腰を抜かした。ざりざりと尻もちをついたまま後ずさり、元々丸い目をさらに丸くしてあやかしを見つめる。

「ひ、ひ、ひ、火柄《ひがら》様!」

ひょっとこはそう叫んだ。

火柄と呼ばれたあやかしは体を起こし、目を細め、ひょっとこを見下ろす。

「横丁のあやかしか？」

「ひゃ、ひゃい」

「今すぐここへ、おれのための酒を持って来い」

「さ、酒……でも、帳場で酒を飲むと、燐様に叱られますよ……」

火柄がぎろりと睨む。ひょっとこは「ひゃあい！」と返事をして、目にも留まらぬ速さで帳場を出て行った。

残された弥琴は顔面蒼白《そうはく》で立ち尽くしていた。いつも自由奔放でお気楽な横丁のあやかしが、あれほどに怯え、且つ従順な態度を取るとは。火柄は只者《ただもの》ではないに違いない。

燐が不在の今、火柄にひとりで応対するのはあまりにも荷が重かった。先ほどから手と膝の震えも止まらない。そのくせ体の芯と両足は動き方を忘れたかのように固まっている。

(燐さん、早く帰って来てぇ)

弥琴はどうにかアルカイック・スマイルを保ち続けていたが、心の中ではすでに号泣していた。

「弥琴とか言ったな」

火柄が、普段燐がいる場所で胡坐《あぐら》をかく。弥琴は必死に口を開き「はいっ」と消え入りそうな声で答える。

人畜無害なはずの弥琴に対し、火柄はなぜか敵意に満ちた視線を向けていた。もちろん初対面である相手に恨まれる覚えはない。ならもしや、火柄は人間が嫌いなのだろうか。

そう考えていた弥琴に、火柄は、

「てめえが燐の嫁か？」

とロにした。

弥琴は一瞬呆気《あっけ》にとられた。そう問われるとは思っていなかったのだ。燐の嫁かと問うのならつまり、火柄は弥琴を人間ではなく、個と認識しているということである。

「は、はい。わたしが燐の、妻です」

このあやかしは燐の知り合いだろうか。そう思うとほんの少しだけ恐怖が和らいだ。

「……妻」

反して火柄の表情は先ほどまでよりもさらに険しくなっていく。鼻の頭に深い皺《しわ》を寄せ、小動物くらいならそれだけで殺せそうなほど鋭い視線を弥琴へ向ける。

牙の見える唇から、地を這《は》うような声が響く。

「おれは絶対にてめえを認めねえ」

弥琴は声を出さなかった。何も言えずに火柄の赤い瞳を見ていた。

指先の震えは止まっている。が、ひどく冷え切っていた。

しんと静まり返る空間。

呼吸するのさえ躊躇《ためら》う、身が切れそうな緊張感の漂う空気を、どたばたという足音が裂く。

「お待たせいたしましたぁ！　お酒をお持ちしましたぁ！」

ひょっとこが酒瓶とぐい呑みを手に持ってやってきた。火柄がふんっと息を吐きながらひょっとこへ視線を移す。

「注《つ》げ」

「はいっ」

ひょっとこが草履を脱ぎ捨て座敷に上がるから、廊下に立ち尽くしていた弥琴も座敷に上がり、端のほうに座った。

弥琴には、ひょっとこの持ってきた酒瓶に見覚えがあった。横丁に棲む別のあやかしが、ようやく手に入れたと喜んで自慢していたものだ。あやかし界隈では有名な、四国の化け狸《だぬき》が営む酒蔵の酒であり、非常に人気が高く、常に入手困難であるとの話を聞いていた。

ひょっとこはそれを用意したのだ。おそらく持っていたあやかしに頼んで貰ってきたのだろう。

つまり、ひょっとこも横丁の他のあやかしも、火柄をそうまでしなければいけない相手だと認識しているのだ。

「どうぞ火柄様」

「ああ」

火柄は一杯目をぐいっと呷《あお》り、すぐにぐい呑みを空にした。

「ややっ、さすがの飲みっぷりで。さあさあもっとどうぞ」

「零すんじゃねえぞ」

「もちろんですとも！」

ひょっとこは二杯三杯と酒を飲ませ、火柄の眉間の皺がやや緩んだところで、恐る恐る訊ねる。

「……ところで火柄様、如何様《いかよう》な理由で現世へ？」

その途端、火柄の眼光にぎらりと鋭さが戻った。

手の中のぐい呑みが瞬時に砕け散る。

「決まってんだろうが！　燐が嫁なんぞ貰ったたって聞いたからだ！」

青い炎を吐きながら火柄が吠《ほ》えた。

ひょっとこに向かい言っていたが、ひょっとこはすでに白目を剝いて意識を飛ばしていた。

「くそが！　燐が嫁を貰ったってだけで衝撃だってのに、相手がまさか人で、そのうえこんなどん臭そうな雌だとは。ありえねえ。ありえるわけねえよ」

視線がふたたび自分のほうへと戻ってきて、弥琴は思わず息を止めた。正座した足の上に置いた手を無意識に握り締める。

（燐さんの知り合いみたいだけれど、このひとって一体……）

乾いたのどで唾を飲み込んだ。弥琴は意を決し、口を開く。

「あの、あなたは……」

一体何者なのだろう。

弥琴の問いに、火柄は手に付いたぐい呑みの破片を払いながら答えた。

「おれは現世の門の管理番、火車《かしゃ》の火柄」

火柄の目が細められる。瞼《まぶた》に少し隠れた赤い瞳が燦《さん》と光った。

（管理番……）

そして火車という名。

気になることはあったが、とくに引っかかったのは、最初に出た言葉だった。

「現世の門？」

眉をひそめると、意識を取り戻したひょっとこがこそりと教えてくれる。

「幽世の門のことです。あの門は、幽世側からは現世の門と呼ばれているんですよ。現世へ繋がる門ですから」

「ああ、なるほど」

ならば火柄は、燐が度々言っていた向こうの管理番であるわけだ。裏玄関を開けられたのも管理番だからだろう。彼は燐と同じ立場であり、同じ権限がある。燐と同様、幽世の門とそれぞれの世界を守る者であるのだから。

「火柄様は、幽世の門を造られた鬼の総大将の、弟分だった方です。燐様と同じく門ができた千年前より管理番をなさっています」

「鬼の……」

「そんなことも知らねえで燐の嫁を名乗ってやがんのか！」

ひょっとこがまた白目を剥いた。

火柄は大きな舌打ちをする。

「どうして燐はこんな奴を嫁に選んだんだ」

弥琴は一度唇を引き結んでから、「すみません」と火柄に頭を下げた。

「嫁いでから、燐さんの手伝いをしているんですが、まだあやかしの世界のことについては勉強不足で」

「当然だろ。人なんぞにわかってたまるか」

「でも、これからしっかり学びます。あやかしたちのことも、燐さんの仕事のことも、幽世のことも」

火柄は弥琴を認めないと言っていた。おそらく、幽世の門の管理番という仕事を任されている燐の妻として、力量が不十分であると言いたいのだろう。

未熟であることは間違いない。あやかしの世界で生きるには人であることが足枷《あしかせ》になることもあるだろう。

ただ、自分の未熟さのせいで燐が悪く思われるのは嫌だった。燐の妻である以上、自分に下される評価は、弥琴を伴侶に選んだ燐にも影響してしまう。

ならば、認められるような人間になるしかない。誰からも、燐の隣に並ぶことを許される、幽世の門の管理番の妻に。

「だからわたし、ここでの生き方を学んで、燐さんをしっかり支えようと思うんです。わたしを隣に置いてくれる燐さんのためにも、これからも頑張ります」

弥琴は深く頭を下げた。

燐と同じ管理番である火柄には、たとえ今でなくともいつかは認められたい。だから今は、認めはしなくとも、せめて否定しないでほしかった。

「……」

火柄からの返事はない。

是も否もなく沈黙が続き、やがて耐え切れなくなった弥琴はそっと頭を上げた。

火柄は自分の左足に肘を置き、頬杖を突きながら弥琴を見ていた。視線は静かで眉根も寄せていない。

だがその表情が、今までで一番怒っているように弥琴には見えた。

「あの、火柄さん？」

「……たかだか二十年かそこらしか生きてねえ奴に、あいつの何がわかるってんだ。あと百年も生きねえくせしてあいつの何を知れると思ってんだよ」

「え？」

火柄は立ち上がると、弥琴の腕を掴んだ。

「あ、え、ちょ、えっと」

うろたえる弥琴に構わず、火柄は弥琴を引っ張って座敷を下りる。

帳場を出て、屋敷の数寄屋門をくぐり、火柄はそのまま横丁の通りも真っ直ぐに突き進んだ。

火柄の手から逃れることができない弥琴は、大股でずんずん進んでいく背に付いて行くしかない。

「あ、火柄様！　お、奥方ぁ！」

ようやく気づいたらしいひょっとこの慌てた声の端が、静かな横丁に空《むな》しく響く。

＊

黄泉路横丁の大門を抜けると、山の中へと出た。麓に目をやると、すぐそばに町が広がっているのが見える。

「ここは……」

ちらと周囲に目を向けただけで数体のあやかしを見つけた。皆木々に隠れこちらの様子を窺っている。どうやらあやかしが多く棲んでいる場所のようだ。

(人の町が近いのに、こんなにもたくさん……)

一体どこに連れて来られたのだろうか。

弥琴がその答えを知る間もなく、腕を掴み続けていた火柄が、今度は弥琴を俵のように担いだ。

「うわあ！」

「黙れ。舌を引き千切られたくないのなら」

弥琴はぎゅっと口を閉じた。火柄はとんと地面を蹴ると、背の高い木のてっぺんまで跳んだ。

末端の細い枝の上につま先を着く。弥琴を抱えた火柄の重さではこんな枝には乗れないはずだが、枝はほんの少ししなっただけで不思議と火柄を支えていた。

「見ろ」

火柄が真っ直ぐに指先を伸ばす。

弥琴は担がれたままのきつい体勢で、どうにか顔を正面へ向けた。

「京の都だ」

見下ろした一帯に広がっていたのは京都の町だった。弥琴たちがいる地点のすぐ近くに、三重塔や幾重もの柱で支えられた大きな建物が見える。

（え、あれもしかして清水寺《きよみずでら》？）

清水寺は確か京都市内にあったはずだ。弥琴たちはまさしく京の都――遥《はる》かむかしから栄えていた地へやって来たのだ。

（なんで京都？　火柄さんはどうしてわたしを連れて来たんだろ）

弥琴は近場ばかりに目を向けていたが、火柄の目はさらに遠くを見ている。

「あの辺りは平安京と呼ばれる都があった場所だ。鴨川《かもがわ》の向こうには、それはそれは美しくも醜い花の都があった」

火柄が指先を左から右へと滑らせた。

広い町。弥琴の目ではそこまで遠くの景色を見通すことができず、もちろん、現在は存在しない都の様子を知ることもできない。

しかし火柄にはかつて繁栄した都が見えているのだろう。弥琴にとっては歴史の一部でしかない遠い過去が、火柄にとっては今も忘れられない思い出であるのだ。

「あの都が、おれと燐が初めて会った場所だ」

火柄は腕を下ろし、帳場で怒鳴っていた様子からは想像もつかないほど静かな声でそう言った。

「女ながらに大層強い力を持った人間がいると聞き、あやかしの総大将だった兄者が自ら出向いた。おれは兄者に付いていき、燐は主であった女と共にいた。あのときはお互い敵同士で闘った。結局決着がつくことなく、その後も何度も相まみえることとなるわけだが」

「……」

「敵だからな、初めは憎かった。だがおれは初対面のときから燐を認めていた。まだ完全な猫又になりきってすらいなかったくせに、いたく賢く強く、そして美しかったからだ」

今の体勢では火柄の表情を窺うことはできない。ただ、声色は怒っているようには思えなかった。むしろ優しいと言えるくらいだ。

過去を思っての感情であり、決して弥琴に対し向けているものではないのだろうが。

こんなふうに思い出を語り、火柄は何をしたいのだろう。

(管理番の妻としてのわたしの適性を見たいんじゃないのかな。帳場ではすごく怒っていたみたいだけど、今はそんな感じでもないし……)

かといってこちらから問い質《ただ》せばまた怒られそうで、弥琴は聞くに聞けずにいた。

火柄の意図することを読み取れず、悶々《もんもん》と考えているうちに、

「じゃ次な」

と火柄が言う。

え、と思い顔を上げた瞬間、火柄は細い枝を蹴り、宙に跳ね上がった。

空を飛んでいる。

「ひっ……」

体勢のせいで図らずも下を見てしまい、みぞおちのあたりがぞわりと寒くなるのを感じた。

弥琴が反射的に叫びかけたとき、火柄の足元から、鉛色の煙に似たものが湧き出てきた。それは瞬く間に火柄の膝までを覆い、横には半径一メートルほど広がる。

「うわわわ!」

「次にやかましくしたら舌を抜くぞ」

「……」

さっき叫ばなくてよかったと切実に弥琴は思う。

足元の煙は大きく形を崩さないままうねり、風が吹くと端のほうだけわずかに流れて消えた。よく見ると煙というよりは……雲のようだ。

「おれの黒雲に乗れることを光栄に思え」

火柄が弥琴を担ぎ直した。その途端、正面から風が吹いた。

ごうっという強烈な音と共に景色が凄まじい速度で後ろへ流れていく。何も視界に捉えることのできない速さだ。対して自分の身に打ちつける風にそこまでの圧はなく、耳にかけた髪がやや乱れる程度だった。

わずか数秒。

酔いそうになり目を閉じ、ややあって瞼を開けると、景色はぴたりと止まっていた。だが先ほどまでとは周囲の様子が違う。先ほどは栄えた町がすぐそばにあった。今は、どこまでも連なる山々を見下ろしている。

(移動、してる……)

あやかしのすることだ、もういちいち驚きはしないが、横丁の大門を使うことなくほんの数度呼吸する間に遠い地へ移動できることには感動した。

(火柄さんって、やっぱりすごいひとなのかな。あの八座を殴って気絶させて幽世へ運んだのも火柄さんなんだろうし)

現世と違い恐ろしいあやかしもいるという幽世をまとめるには、相当な強さが必要だ。管理番の名前だけでは、他のあやかしを制御することはできない。

火柄は力を持っている。おそらく、弥琴など虫けら同然に思うくらいに。

にもかかわらず弥琴に固執する理由はなんなのだろうか。やはり火柄と同じ管理番である燐の威厳を保つため、身を弁《わきま》えろと言いたいのか、それとも。

「ここは丹波の地だ。おれと燐が二度目に会った場所。そしてのちに、初めてふたりで酒を飲み交わした地でもある」

火柄はここでも思い出を語った。

敵として出会ったふたりだが、それぞれの主が心を寄せ合ったのをきっかけに仲良くなり、やがて互いを一番の友と呼ぶようになったという。

「月を見上げながら一晩中語り合った。あやかしと人の世とを別けようなんて夢物語も、おれたちならば必ず成し遂げられると、肩を組んで笑い合った」

強い力を持った火柄と肩を並べられるあやかしは多くない。燐はその数少ないひとりであり、且つ誰よりも気の合う相手であるのだと、火柄は言う。

それから火柄は、また別の場所へと弥琴を連れて行った。

京都だけでなく全国各地を回っては、その地であったかつての出来事を弥琴に話して聞かせた。

弥琴は初め、火柄は自分の武勇を語ろうとしているのだと思っていた。自分がどれだけ優れたあやかしであり、だから管理番という仕事は生半可な者にはできないのだと弥琴にわからせるつもりであるのだと。

しかし、火柄の話すことは、十割が燐との思い出であった。

鬼と共に名を馳《は》せた矜持《きょうじ》もあるだろう。他のあやかしと闘い勝利したことも幾度とあるはずだ。もしも自分を語りたいなら言うべきことは他にある。それなのに火柄は、燐のことしか話さなかったのだ。

「弥琴」

思い出巡り八ヶ所目となる廃寺の屋根の上で、火柄は担いでいた弥琴をようやく下ろした。

火柄の背に、太陽があった。見上げた弥琴は眩《まぶ》しさに目を細める。

「おれと燐との間には様々な思い出がある。現世と幽世という隔てられた場所に生き、己の役割を全うしながら、それでも千年を変わらぬ関係のまま過ごしてきた。おれはあいつの特別である自負がある。おれは誰よりあいつに近く、あいつを知っているからだ」

火柄の顔は太陽の陰となっているが、真っ赤な瞳は鮮やかな輝きを放っていた。燐と同じだ。あやかしの瞳はどれほどの暗闇であっても光を失わない。

「てめえはどうだ。燐とどれほどの思い出があり、どれほど燐のことを知っている」

弥琴は開きかけた唇を閉じた。

問われたことに、答えられなかった。

結婚してから半年。長くはないが、それなりの時間を一緒に過ごしてきた。けれど自分がどれだけ燐のことを知っているかと考えると、知っているようで、何も知らないことに気づいてしまった。

燐の過去については、幽世の門ができたときのこと……主人であった千鶴とのことを聞いたくらいだ。燐がどんな日々を過ごし生きてきたのか。弥琴と出会うまでの日々のほとんどを、弥琴は、知らない。

「燐は現世の安寧を千年もの間守ってきた。そしてこれからも守り続ける立場にある。なあ、てめえは燐を支えるっつったよな。だけど本当にできんのか？　てめえは燐を支えられんのかよ」

鼻先が触れそうなほどに火柄が顔を寄せる。

弥琴は思わず身を引きそうになったのをどうにか堪《こら》え、一度強く下唇を噛んだ。

「……火柄さんは、わたしが人間だから、認めてくれないんですか？」

人である弥琴には、あやかしを束ねる立場である燐の伴侶は務まらないと言いたいのだろうか。それとも、弥琴が燐と同じ時間を生きられないことを言っているのだろうか。

弥琴は、どれほど長く生きたとしても、あと百年も生きられない。人の寿命など、千年を超えても生き続けるあやかしからしてみればほんの短い時間でしかない。

それなのに共に生き、支えることなどできはしないと。燐の過去を知らないように、未来だって、どうせわずかしか知ることは叶《かな》わないのだと。

火柄は、そう言いたいのだろうか。

「違《ちげ》ぇよ」

身を離し、火柄は顔をしかめて牙を剝いた。

口もとからぶわりと炎が漏れる。額に一本二本と青筋が浮かぶ。

「てめえが人だろうが河童《かっぱ》だろうが不老不死の龍だろうがどうでもいい。んなことおれには関係ねえ」

「じゃあどうして」

「……どうしてだあ？　んなもん決まってんだろうが！　誰だろうと燐の嫁になんかさせねえんだよ！」

火柄は弥琴の襟首を摑み、そして。

「燐と番《つが》うのに相応《ふさわ》しいのは、おれだけだ！」

人の気配もあやかしの姿もない廃寺に火柄の叫びがこだました。

静かの中に、荒い息遣いが目立っていた。

「え？」

心底素直に声が出た。

弥琴は三度瞬《まばた》きをしてから、呆けた声で問いかける。

「火柄さん、燐さんと結婚したかったんです？」

今の叫びを言い換えると、そういうことになるが。

「はあ？　だからずっとそう言ってんだろうがよ！」

「いや初耳ですけど！」

「わかれよ！」

「無茶言わないでくださいよ！」

「つうか、じゃあ、なんだと思ってたんだ今まで。てめえはなんのためにおれがわざわざ燐とのことを教えてやってると思ってたんだよ」

「だから、なんなんだろうなと思ってて……ていうか、わかりませんよ。思いもしませんでしたし」

「あ？　おれなんて眼中にねえって言いてえのか。なんだてめえ、自分が燐の嫁を名乗ってるからってまさかこのおれを上から見る気かよ。上等じゃねえか……」

「そ、そんなこと言ってないですって！」

火柄は舌打ちしながら手を離した。

弥琴は乱れた襟元を直しながら上目で火柄を見る。

「……でも火柄さん、男性、ですよね」

「おいおい、雄雌の違いなんざ些細なもんだろ。今の時代、現世じゃ雄だ雌だ言うのは野暮だって聞いてるぜ。それともなんだ、てめえはいまだに古い考えしかできねえ頭の固いクソ野郎か？　クソだな！」

「違いますよ！　別にどうとも思わないですけど、ただ一応の確認というか……」

つまり、火柄は燐に惚《ほ》れているのだ。

弥琴へ敵意を向ける理由に、人とあやかしの違いも、管理番としての立場も関係ない。弥琴が火柄にとっての恋敵であり、火柄が望む場所にいる。ただそれだけのことだった。

「雄とか雌とか関係ねえ。おれは燐がいいんだよ。燐は強く美しく、そしておれを認め理解してくれる。おれだってな、初めは親友として接していたさ。しかしいつからかこの思いがそれだけじゃねえことに気づいたんだ。もしも誰かと番うなら、相手は絶対に燐しかいねえと思った」

火柄は相変わらずむすりとした表情を浮かべていた。ただ声色からは迫力が消えている。

「おれはな、昔燐に言われたんだよ」

割れかけた瓦の上に腰を下ろし、火柄は遠くを見つめながら唐突に語り出した。弥琴はとりあえず隣に座ってみる。

「心を許せるのは主以外には友であるおまえだけだ、おまえがおれを認めてくれる限り、いつまでだっておまえの隣を歩こう、だからどうか変わらずいてくれ、とな。あのお天道さんより眩しく、満月より綺麗に笑いながら。なあ、これはもう求婚と取っていいだろう」

「はあ。いやまあ、でも友って言って……」

「そう、つまりおれたちは同じ思いでいたわけだ。けどな、おれたちには役目がある。無責任に投げ出すことはできねえ。だからおれは、いつか燐が共に暮らそうと言ってくれるその日まで待とうと決めたんだ」

「……」

「待つのは苦じゃねえ。楽しみを想像してりゃいいだけだから。燐の準備が整うまで、おれは何千年だって待つつもりだった」

火柄はゆっくりと目を閉じた。

そして開いたときには、火柄の瞳に煮えたぎるような怒りの感情が戻っていた。

「それがなんだ！　燐が急に嫁を貰ったと！　はあ？　意味がわからん！」

「ひえっ」

「どういうことだ！　燐はおれと番うんじゃなかったのか！　そもそもおれ以外にあいつに釣り合う奴がいるわけねぇ！　実際に弥琴、てめぇ、こけしみてぇなナリしやがってよぉ！」

「こけし……！」

「おれのがはるかに美人だろ！」

「それはそうですけど！」

見た目も能力も火柄のほうが燐に合っていることは認めざるを得ない。そして自分が燐とは不釣り合いであることも出会った瞬間からわかっている。

だからといって、じゃあ嫁の立場を譲ります、なんて言えるわけもない。

（火柄さんは燐さんのことが大好きなんだ。でも、申し訳ないけど、わたしだってもう簡単には燐さんを手放すことができないよ）

もしも結婚した直後に言われていたら、素直に引き下がったかもしれない。燐があやかしの嫁を見つけるまでという約束でした結婚であったし、生きられる時間の違いについて深く悩んでいたから。

燐が嫁探しを始めた理由は、共に生きられる者を見つけるためだった。弥琴はそれができないことを気に掛けていた。

火柄であれば、燐と同じ時を生きられる。弥琴と違い、燐の望んだ未来を叶えることができるのだ。だから火柄が望むなら、弥琴は燐の隣を言われるがままに譲っただろう。

（祝言よりも、前だったら）

今も、気掛かりが晴れたわけではない。自分がいなくなり燐がひとりになったときのことを考えるだけで胸が締め付けられる。

火柄が燐と番えば、このような心配はなくなる。燐がいつまでも誰かのぬくもりに触れ、幸せでいてくれればという自分の望みも叶う。

でも今は。今はまだ。

「おれは！　てめえを認めらんねえんだよ！」

火柄の右手が瓦を叩き割った。

そのとき。

突如目の前を真っ赤な炎が覆った。

咄嗟《とっさ》に瞼を閉じる。すると、誰かに体を抱きかかえられた。炎の熱さはなく、弥琴を抱えるひとの体温と、嗅ぎ慣れた白檀の香りを感じた。

目を開けると燐がいた。

燐は弥琴を大事に胸に抱き、光の揺れる琥珀色の瞳で見つめている。

「燐さん……」

「すまない弥琴。迎えに来るのが遅くなった」

燐は額を弥琴の額へと寄せた。弥琴が大丈夫ですと言っても、決して自分の腕の中から離そうとしない。

「燐！」

声に振り向く。

火柄は、棟の端に立つ燐の、反対の端に立っていた。燐に会えた喜びを隠しもせず、弥琴とふたりでいたときとは別人のような笑みを浮かべている。

「火柄……」

「燐、なんだ、来たのか。おまえが出かけていると言うから、帰る頃を見計らって屋敷に戻ろうと思っていたんだが」

「火柄」

「燐と話がしたかったんだ。久しぶりにふたりきりで酒でも飲み交わそうぜ」

「おまえ、弥琴に何をした？」

燐の声はひどく冷たかった。

火柄はこちらへ歩み寄ろうとしていた足をぴたりと止める。

「何って、ちょいと散歩をして、おれとおまえの話をしてやっただけだ」

「無理やり攫《さら》ってか？」

「攫うなど。どんな奴かと気になって、少しばかり喋ってみようと思っただけじゃないか」

「横丁のあやかしから聞いている。おまえが弥琴に暴言を吐き、否も応もなく横丁から連れ去ったと」

燐は火柄から視線を逸らさない。顔には一切の感情も現れていないが、それはおそらく湧き出るものを必死に抑えているためだ。

「あ、あの、燐さん」

「弥琴は黙っていてくれ。おれは今、はらわたが煮えくり返って仕方ないんだ」

燐は弥琴を見ずに言った。

瞳孔がぎゅうっと細まり、小豆色の髪が膨らむ。

(燐さんがこんなに怒ってるの、初めて見た)

燐の様子に戸惑っているのは弥琴だけではない。燐の表情に怒りが映し出されていくほどに、火柄から笑みが消えていく。

「なんだよ……燐、そんな人の子のことなんてどうでもいいだろ。おれがそいつに言ったことだってすべて本当のことだし、気にするな。それより燐、せっかくおれが現世へ来たんだ、昔のように、どこか遊びにでも行かないか」

眉を八の字にし、口もとにだけ笑みを残しながら、火柄は再度足を踏み出した。

しかし、火柄との間を隔てるように燐が炎を放つ。飛び退《の》いて炎を避けた火柄は、棟に膝を突きながら、目を丸くして燐を見遣《みや》った。

「な、何を」

「弥琴はおれの妻だ。貶《おとし》める者は……火柄、たとえおまえだろうと許さん」

燐の唇からは火柄とよく似た牙が見えていた。普段よりも大きく鋭くなった牙を向けているのは、千年来の友だった。

「燐……」

火柄が掠れた声で呟く。

「……おまえはおれよりも、そいつが大事だと？」

「火柄はおれにとって無二の友だが、今おれが最も大切に思うのは弥琴だ。弥琴を守るためならば、おまえと争うことも厭《いと》わない」

「なんで……燐、でもおまえ、おれと番おうとしてくれていたんじゃ」

「知らん。なんの話だ。それより弥琴に近づくな、焼き尽くすぞ」

「そ、そんな」

火柄の両の猫耳がへたりと垂れる。赤い瞳は、距離があってもわかるほどに揺れていた。

「……」

開きかけた口を閉じ、火柄は燐と弥琴に背を向ける。瞬時に黒雲が足元に現れ、火柄は音の速さで消えて行った。

「火柄さんっ」

呼ぶ声も空しく、火柄の姿は一瞬で見えなくなり、廃寺には静寂が訪れる。

燐は地面へ降り立ってから弥琴を下ろした。やや乱れたままの弥琴の襟元を直す顔は、涼しげないつもの表情に戻っている。

「燐さん」

「すまない。大丈夫だったか弥琴。怪我はないか？」

「いえ、大丈夫です。ひどいこともされていないですし。わたしこそ、心配をかけてすみません」

「何を言う。おれのせいなんだ。あいつとおれは旧知の仲であるから」

伏せた燐の目が少し寂しそうに見えた。

弥琴を守ってくれたことは嬉しかったが、やはり古い友である火柄と相対することに辛さもあったのだろう。

「あの、火柄さんを追いかけたほうが」

「いいんだ、あんな奴……よき友と思っていたが、弥琴に何かしようものなら、許すわけにはいかない」

「でも」

「横丁へ帰ろう。疲れたろう。おれも甘いものを食いたい」

燐に微笑まれ、弥琴は言葉を続けられなかった。無言で頷き、差し出された燐の手を握った。


黄泉路横丁へ帰ると、ひょっとこや他のあやかしたちが慌てて駆け寄ってきた。

弥琴は心配をかけたことを詫《わ》び、大事ないから大丈夫だということを伝えた。

「先ほど火柄様が戻って来られまして、幽世へと帰って行かれました」

おずおずと告げるひょっとこに、燐は「そうか」とだけ答えた。

燐に手を引かれたまま屋敷へと戻る。弥琴が住居で茶と菓子を用意している間、燐は帳場へと向かい、確かに火柄が幽世へ帰っていることと、裏玄関が閉まっていることを確認していた。

燐は、しばらくの間横丁で弥琴をひとりにしないことを約束した。

「……あの、燐さん」

居間で苺《いちご》大福を食べながら、弥琴はなんとなく気になって声をかけた。先に大福を食べ終えた燐が、唇に付いた粉を舐《な》める。

「なんだ？」

「火柄さんのことなんですけど」

かなりショックを受けていた様子だった。好きな相手にあのような態度を取られては、ひどく傷ついたに違いなかった。

去り際の火柄の表情を思い出すと胸が締め付けられる。弥琴には、他人事《ひとごと》とは思えなかったのだ。

「あいつのことはもういいと言ったろ。それとも、やはり何かされたのか？　嫌なことを言われたか」

「いえ、そうじゃなくて……燐さんと火柄さん、仲直りできないかなと思って」

そう言うと、燐は露骨に嫌そうな顔をした。

「無理だ。あいつが弥琴にしたことは許せない」

「確かにちょっと乱暴なところはありましたけど、でもあれはわたしに対して悪意があったわけではなく、なんと言いますか、その、燐さんへの思いが暴走してしまったからでして」

火柄が燐に抱く好意については弥琴の口からは伝えないほうがいいだろう。本人も自分のいないところで言われたくないだろうし、言ってしまえば余計にややこしくなる気がする。

「火柄さんにとって、燐さんはかけがえのない友達なんですよ。燐さんにとってもそうなんでしょう」

「……まあ、あいつは口は悪いが気風《きっぷ》のいい奴で、一緒にいて心地よかった。強さも賢さもあり、尊敬できる。親しい友と言えるのは、火柄の他にはいない」

「それ、火柄さんだって燐さんに同じことを思っていますよ。なかなか会えないかもしれないけど、昔からずっと変わらずに大切に思っているんです」

火柄が言っていたことを思い出す。燐に、変わらずにいてくれと言われたと。

火柄は燐の言葉のとおり、千年経った今も少しも変わることなく燐を思い続けているのだ。燐も同じように、火柄を必要としているのだと信じて。

「燐さん、わたしと結婚したことも火柄さんには伝えていなかったんですよね」

「まあ……そうだが」

「そりゃ火柄さんだって怒りますよ。きっと燐さんにないがしろにされていると思ったんでしょう。ねえ燐さん、火柄さんは少し拗《す》ねちゃっただけなんです。だから火柄さんのことは許してあげて、仲直りしましょうよ」

わたしはそうしてほしいんですと、弥琴は燐に伝えた。

こうまで言えば燐は理解してくれるだろう。元々それほど揉めるようなことは起きていないのだ。対話が不十分だっただけで、向き合って話をすれば拗《こじ》れることもなく元どおりになるはずだった。

（まあ、わたしと火柄さんが恋のライバルであることは変わりないけど、それは追々《おいおい》話し合えばいいことだよね）

だからまずはふたりの喧嘩《けんか》を仲裁したいと、弥琴はそう思ったのだが。

「火柄を庇うのか」

え、と零す弥琴から、燐は目を逸らす。

「いや、燐さん、そういうわけじゃ」

「帳場へ戻る。弥琴は疲れているだろうから、休んでいてくれ」

燐は湯呑みの茶を飲み干すと、弥琴に目を向けることなく、居間を出て行ってしまった。

弥琴は呆けた顔で燐の背を見送り、しばらくしてからがくりとうな垂れる。

（そんな……事態を悪化させちゃった！）

まさか火柄を庇うという捉え方をされるとは。火柄は悪くないと言いたかったのは確かだが、燐のためでもあったのに。

（どうしよう。なんか燐さんまで拗ねちゃったよ）

急いで燐に謝り、もう火柄の話を出さないようにするべきだろうか。

いや、やはり、それはよくない。絡まった糸は解《ほど》けるうちに解かないと、どんどんきつく縺《もつ》れ、いつか二度と解けなくなってしまうのだから。

「……」

弥琴は顔を上げ、半分残っていた苺大福を一気に口に突っ込んだ。頬をぱんぱんに膨らませ咀嚼《そしやく》しながら、自分にできることを考えた。


夕飯時になると燐は住居へ戻って来たが、機嫌は直っていないらしく、食事中も終始無言だった。風呂に入り寝支度を済ませ、いつものように寝る前の挨拶に行っても、一応返事はしてくれたものの、目を合わせることはなかった。

「燐さん、案外子どもみたいなところあるんだよなあ」

ひとりごとを呟きながら部屋へ戻ると、弥琴は書机の上に便箋を一枚用意し、行燈をそばまで引き寄せた。背後の布団からは、タロとジロの寝息が聞こえている。

(わたしが言っても聞かないなら、もうふたりを直接話し合わせるしかない)

万年筆を取り、弥琴は手紙をしたためた。内容は簡潔だ。燐とのことで話し合いたいから早めにもう一度現世へ来てくれと。送る相手はもちろん、火柄だ。

火柄を呼び出しふたりの対話の機会を作る。単純だが、仲直りさせるにはこれが一番だと弥琴は考えたのだ。

「よしっ」

あやかしの文字がわからないから人の文字で書いてしまったが、火柄なら読めるだろう、と信じたい。

弥琴は万年筆に蓋をした。そのとき、とある重要なことに気づいてしまった。

(手紙を書いたはいいけど、これ、どうやって幽世へ持って行けばいいんだろ)

渡し方について考えるのをすっかり忘れていた。

火柄に手紙を渡すとなると燐はさらに拗ねるだろうから、燐には気づかれないようにしたいのだが。

(幽世へ行くあやかしにこっそりお願いするしかないかな)

それならば燐に知られることなく火柄へ手紙を届けることができる。が、幽世へ行くあやかしがいつ現れるかわからないのが問題だった。明日には来てくれる可能性もある。ただ、一週間以上誰も来ない可能性もある。

(あまり時間が経つとなおさら話しにくくなっちゃうから、できることなら早く手紙を届けたいんだけど)

そこでふと、あやかし専用の宅配業者のことを思い出した。あの会社は荷物だけでなく手紙の配達も請け負っていたはずだ。

(そういえば、アオサギ急便は幽世にも届けてくれるのかな?)

アオサギ急便の配達員が幽世へ向かったところは見たことがないが……一応明日連絡を取って確認してみよう。

そう決め、便箋を丁寧に折っていると、ふいに白い毛玉が弥琴の横にお座りした。寝ていたはずのジロが起きてきたのだ。布団を見ると、タロのほうは幸せそうな顔で眠っている。

「ジロ、起きちゃった？　灯りが眩しかったかな、ごめんね」

頭を撫でてやるとジロは目を細めた。そして何やら鼻先を便箋のそばへと寄せる。

「これは火柄さんへのお手紙だよ……って、もしかして、お手紙持って行こうとしてくれてるの？」

「わふっ」

「でも、燐さんに裏玄関を開けてもらわないと通れないでしょ。気持ちだけ受け取るよ、ありがとね」

そう言っても、ジロはお座りしたまま動かない。丸く可愛らしい黒目でじっと弥琴を見つめている。

「……ジロ、行けるの？」

弥琴はジロの言葉はわからない。が、そのときばかりはジロの思いが聞こえた気がした。

「わふんっ」

任せてと言わんばかりにジロが吠える。弥琴は迷いながらも、駄目なら駄目で構わないかと、半信半疑のままジロのスカーフに手紙を結んだ。

ジロはもう一度吠えて部屋を出て行く。お尻を振りながら廊下を行き、階段を下りていくのを、弥琴は敷居から身を乗りだして見送った。

そして十分ほど経ち、ジロは戻ってきた。スカーフから手紙は消えていた。

「本当に行ってきたの？　幽世に行って、火柄さんに渡してきた？」

「わふ」

ジロが尻尾を大きく振る。

「ありがとう。でも、どうやって？」

「……」

弥琴のこの問いにだけはジロは何も言わなかった。へっへと息を吐き、気持ちよく寝ている片割れの隣へ潜り込んでしまう。

弥琴は何か見てはいけないものを見てしまったときのような気持ちになった。これは深く考えないほうがよさそうだ。

まあ狛犬だし、ということで納得し、行燈を消して布団に入った。

火柄が手紙を読み、現世へ来てくれることを祈りながら。

＊

横丁の鐘が鳴ったのは、翌日昼過ぎのことだった。

燐の機嫌は直っていたが、弥琴のほうが手紙の件でどうにも落ち着かず、ややぎくしゃくとした雰囲気で帳場にいたとき。

幽世からの訪問者を告げる鐘の音が鳴った。

「またか」

と燐が立ち上がる。裏玄関を開けに行こうとすると、それよりも先に向こう側から戸が開けられた。

立っていたのは火柄だ。

(火柄さん、あっという間に来た!)

不機嫌な顔をしているが、おそらく燐に会いたかったのだろうと弥琴は推測した。あれだけ手酷《てひど》く追い払われても、火柄は燐のことを嫌いになれないのだ。

「火柄、何しに来た。昨日の今日で、おまえ」

燐は束《つか》の間《ま》驚いた顔をしたが、すぐに眉をひそめる。

「いいんです燐さん、わたしが呼んだんです」

「……弥琴が?」

燐に頷く。燐の顔にはなんのために、どうやって、という疑問が浮かんでいたが、それが口に出される前に火柄が声を発した。

「そのとおり。おれはそいつに呼ばれて来たんだ。で、何をどう話し合いたいって？」

「来てくださってありがとうございます。とりあえず、座敷へどうぞ。燐さんも」

燐と火柄は似たような仏頂面で互いを牽制《けんせい》しながら座敷に座った。机を挟んで向かい合うふたりの間に弥琴は腰を下ろす。

「……弥琴、なぜいつものようにおれの隣に座らない？」

「今のわたしは中立の立場だからです。わたしは、おふたりを仲直りさせるために火柄さんを呼びました」

「仲直りなど」

「そうだ。第一おれは燐と喧嘩なんぞしたつもりはねぇ。……燐が勝手に怒って、おれを突き放しただけだろうが」

火柄は頬杖を突きながらそっぽを向いた。黒い尻尾がたしたしと畳を叩いている。

「何を、先に仕掛けたのはおまえのほうだろうが火柄」

「いいえ、燐さん、火柄さんの言うとおりです」

燐が衝撃を受けた顔で振り向く。弥琴は「火柄を庇うのか」という燐の言葉を思い出し胸を痛めたが、ここで折れるわけにはいかなかった。心を鬼にして続ける。

「燐さんがわたしのために怒ってくれたことはわかっています。とても嬉しかったですけど、やっぱり火柄さんの話はきちんと聞かなきゃいけないですし、そうでなければ一方的に怒っているのと同じです」

「……しかし、火柄がしたことは、変わらない」

「だから火柄さんにも謝ってもらいましょう。それでいいじゃないですか。昨日も言いましたけど、火柄さんは燐さんのことが大切なだけなんですよ。燐さんだって同じじゃないんですか？　火柄さんみたいなお友達、他にいますか？」

「……」

「こんなことで仲違《なかたが》いして大事な友達を失うなんて、そんなこと、あっていいはずないでしょう」

弥琴としても、長く紡がれてきた燐と火柄の縁を、自分のせいで切ってしまいたくなかった。ふたりの間に割って入ったつもりはないが、弥琴の存在が燐たちの心の向く方向をずらしてしまったのは確かだ。

ならば、ふたたび向き合わせればいい。まだ糸の絡まりは解ける緩さであるのだ。少し指を引っかけてやれば、簡単に外れ、元どおりになる。

燐は唇を結んだまま。

火柄は半開きの目で燐を見ている。

「燐さん、火柄さんにごめんなさいって言えますね？」

視線を逸らし黙りこくっていた燐だが、弥琴が無言の圧を向け続けていると、やがて「悪かった」と小さな声で零した。

火柄がはっと息を呑む。

「……火柄、おまえのことは、今も大切な友と思っている。主と過ごした日々の思い出を共有できるのも、おまえしかいない」

「燐……」

「それなのに、おまえの思いを軽んじてしまった。すまなく思う」

ほんのわずか、しかし確かに燐は頭を下げた。

火柄の目が丸くなる。しかめられていた顔が、花が開くように明るくなる。

「わかってくれりゃあいいんだ。おれもすまなかった。おまえを嫌な気持ちにさせたかったわけじゃねえんだ」

「ああ。だが謝るなら、おれではなく弥琴に」

「なあ燐、やっぱりおまえはおれの唯一だ。そんでおまえの隣に並び立てるのもおれしかいねえ」

まるでこの場にはふたりだけしかいないかのように、赤い瞳に燐だけを映し、火柄は燐へと手を伸ばした。

燐の手に火柄が触れる、その瞬間。

どんと、弥琴は机に手を突き下ろした。立ち上がり、燐と火柄の間に割って入るように。

しん、と一瞬静まり返る。燐が「弥琴？」と窺うように呼び、火柄はあからさまにしかめ面をした。

「……何すんだ、邪魔すんじゃねえ」

「邪魔します。それから、はっきり言います」

燐への話は終わった。ここからは火柄の番だ。火柄と、弥琴の話だ。

「燐さんは火柄さんのことを何より大事なお友達と思っています。お友達です。そして燐さんが自分の妻と認めているのは、このわたしです」

祝言を間近に控えた日の夜に、燐が言ってくれたことを覚えている。

――かりそめなどではないさ。おまえはおれが選んだ自慢の花嫁だ。

自己評価が低く、燐との結婚に後ろめたさを感じていた弥琴には、燐の妻として胸を張ることは簡単ではなかった。それでも、燐の隣を歩くことを自分の意思で決めた。

この場所を……燐の隣を、自分の居場所にしようと思った。燐が弥琴を選んでくれたから。弥琴も、燐を選んだのだ。

「誰に何を言われようとも、誰に認められなくとも、わたしは燐さんの妻で、燐さんはわたしの夫です。燐さんがわたしをそばにいさせてくれる限り、わたしも燐さんに寄り添うと決めたんです」

自分は燐の妻たり得ているのか。夫婦とはなんなのか。ずっと悩み続けていた。おそらくこれから先も悩みが尽きることはないだろう。

悩みながら、探りながら、ふたりの形を見つけていこうと思う。できないことはない。縁で結ばれ手を取り合った、夫婦であるのだから。

「誰にも渡しません。燐さんは、わたしのものです」

弥琴ははっきりとそう告げた。火柄の真っ赤な瞳から決して視線を逸らさずに。

燐が呟いた。弥琴は気恥ずかしさで燐の顔を見られないまま、そろそろと元の位置へ座り直す。

「……弥琴」

「わたしが言いたかったのは以上です。火柄さんは、何かありますか」

早口で学級会の司会のようなことを言った。

すぐには返事がなく、ちらりと窺うと、火柄は般若《はんにゃ》のごとき形相で弥琴のことを見ていた。思わず肩が跳ねる。顔には出さないようにしたが、首から下にはどっと汗を掻いていた。

（火柄さん、余計に怒ったかな……）

強気に言ったことのすべてが本心ではあるが、内心ひどく緊張していたし、今も心臓はお祭り騒ぎを繰り広げている。

どんな反応が返ってくるか気が気ではなかった。ほぼ喧嘩を売るようなことを言っておきながら、万が一物理的に臨戦態勢に入られれば弥琴は逃げることしかできない。

ごくりと唾を飲み込んだ。

火柄が歯を食いしばって牙を剝く。そして。

「何を言おうがどうしようが、おれはてめえを燐の嫁とは認めねえ。絶対、永遠に認めねえし、燐を諦める気もねえし、てめえに負ける気もねえ」

火柄の唇の端から青い炎が噴き上がる。

弥琴は顔から血の気が引くのを感じた。けれど、気を失いそうになったそのとき、

「だが」

と、火柄がため息まじりに続けた。

火柄は肩の力を抜き、一度うな垂れてから顔を上げる。

「今だけはこのおれに盾突いたその度胸に免じ、引き下がってやろう。そしててめえをおれの好敵手と認めてやる」

え、と口を開いた弥琴の言葉を、もう火柄は聞く気がないようだった。机に手を突き立ち上がる。

「燐の嫁と言い張るんなら、どれだけやれるか見てやるよ。せいぜい頑張りな。まあ、どれだけやったところでおれには敵わねえだろうがな」

不敵な笑みを浮かべながら、火柄は視線を燐へと移した。

「なあ燐、今度はおまえから来てくれよな。いつでも待ってるぜ」

火柄の手が燐の首筋に触れる。火柄はそして、あろうことか弥琴の目の前で、燐の頬にキスをしたのだった。

「ぎゃあ！　ちょっと火柄さん、な、何して……！」

「うるせえな。こんくらい、わざわざ来てやった駄賃だろうが」

「こ、このぉ！」

弥琴のへなちょこパンチをひらりと避け、火柄は座敷から下りる。

「じゃあな」

着物の袖を翻し背を向けた火柄は、裏玄関を自ら開け帳場を出て行った。

幽世の門へ続く扉が、音を立て、閉まった。

「……」

火柄の姿が見えなくなったところで、弥琴は体中から息を吐き出した。長距離を走ったあとのような疲れを感じる。だが清々《すがすが》しくもあった。心に降り積もっていた重いものが消えた気がしていた。

「あっ、燐さんってば！　まったく何易々《やすやす》とほっぺにチューを許して……」

振り返ると、燐は机に肘を突いて両手で顔を覆っていた。弥琴はぎょっとして、慌てて燐の肩に手を寄せる。

「り、燐さん？　どうしたんですか？　そんなにショックでした？」

「……弥琴」

ゆるりと両手が外れ、燐の顔が見えた。琥珀色の瞳を真っ直ぐに弥琴へ向ける燐の頬は、ほんのわずかに赤らんでいる。

まさかさっきのキスで火柄に心を奪われたのではなかろうかと、弥琴は青ざめたが。

「わっ」

突然腕を摑まれたかと思えば、燐の胸に引き寄せられた。

「り、燐さん？」

「弥琴。おれは、おまえの夫だ」

「え、は、はい」

「おれがおまえを選んだとき、おまえにはきっと選択の余地がなかった。だが、おまえは確かにおれを選んでくれた。おれと寄り添う道を、決めてくれたんだな」

背中に回る腕がきつく弥琴を抱き締める。

弥琴は、燐の胸に顔を埋めながら、何度か目をしばたたかせた。それから深く息を吸い、燐の大きな背を抱き締め返す。

「はい。わたしはあなたの妻ですから」

「……ああ」

「一緒に歩いていきましょう、燐さん」

これからも迷うことはあるだろう。何もかもが順風満帆にはいかないだろうし、目の前に壁が立ちはだかることもあるかもしれない。それを、共に乗り越えていく相手が、燐であればいいと思う。

燐がいてくれるから、自分にとっての幸福はここにあるのだと、信じられるのだ。

「……」

どちらからともなく体を離し、目を合わせて照れ笑いした。こんな些細な瞬間さえ幸福に思う。もう十分に、いい夫婦であった。

「そうだ。昨日言いそびれたんだが」

燐は袂《たもと》に手を入れ、取り出したものを弥琴に見せた。真新しいスマートフォンだ。

「え、これどうしたんですか？」

「昨日買いに行ったんだ。狐塚に頼んで手に入れた」

外観は弥琴のものと同じだったが、起動してみれば、ホーム画面は弥琴のスマートフォンよりも随分シンプルなデザインになっていた。いわゆる子どもや高齢者向けの仕様である。

（まあ、燐さん千歳《さい》だしね）

アプリのアイコンは謎の狐マークだった。これは弥琴のスマートフォンと同じだ。おそらく、狐塚と同じ狐のあやかしが製造しているのだろう。人間の社会には流通していないものだ。

「これがあれば燐さんといつでも連絡が取れますから便利ですけど……急にどうしたんですか？」

「連絡手段というよりも、写真機の機能が欲しかったんだ。これがあれば、手軽にいつでも写真を撮ることができるのだろう」

「ええ、そうですけど」

ある程度の使い方は狐塚に聞いてきたのだろうか、燐は覚束《おぼつか》ない手つきでスマートフォンのカメラアプリを起動する。

「思い出を残して見返せるのはいいことだろう。弥琴の寝顔をじっと見ていたとき、どうしても写真に残したいと思ってな。あのときは写真機がなく渋々諦めたが、これからはいくらでも撮れる」

「……寝顔？　えっ、いや、そんなの撮らないでくださいよ！　というか見ないでください！」

「別に一方的に撮ろうとは思っていない。弥琴もおれの寝顔を好きに撮ればいい」

「やっ、それは……それは、うぅん、まあ、はい」

燐がレンズを向け写真を撮った。弥琴は変な顔をしていただろうが、撮れた写真に、燐は満足げな顔をしていた。

「思い出をたくさん作ろうな」

笑う燐に、弥琴は「はい」と返事をした。

燐の過去に弥琴はいない。けれど未来はふたりで作っていける。だからこれからの日々で、いくつもの同じ思い出を手にしていこう。弥琴はそう思うのだった。

第三話

楠の尋ね人

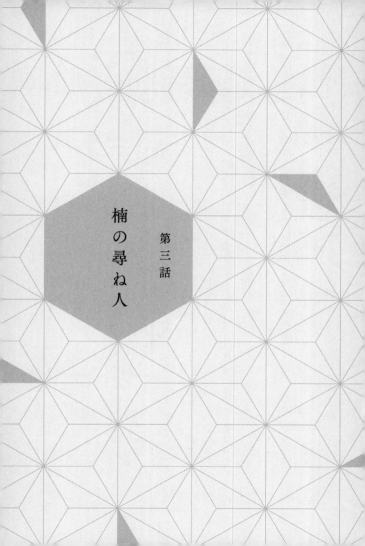

「はい、これで登録完了です」

弥琴は燐にスマートフォンを返した。燐は、電話帳が開かれている画面を見ながら、満足げに頷く。

数日間空白だった燐の電話帳には、弥琴の名前が登録されていた。写真を撮るためだけにスマートフォンを手に入れ、目的のとおりカメラ機能ばかりを利用していた燐だったが、せっかくだからもう少しくらい有効活用しましょうという弥琴の説得により、ようやく電話の使い方を覚えることにしてくれたのだった。

燐の部屋から続く縁側に並んで、茶を飲みながら、お互いのスマートフォンを手に電話の使い方を確認していく。

「ここを押せば弥琴に電話がかけられるんだな」

「はい。試しにかけてみてください」

燐が画面の通話ボタンを押すと、弥琴のスマートフォンが鳴った。少し離れた場所に移動し、電話に出る。

「もしもし」

と答えると、こちらを向きながら燐が笑う。

『ああ、聞こえるぞ』

「ふふ、燐さんは耳が上にあるので、そこに携帯を当てると喋りにくそうですね」

『おれの耳の位置に適していないな、こいつ』

「スピーカーにする方法もありますよ。あとはビデオ通話とか」

通話の仕方をひと通り教え、かかってきた電話を受けるほうも実践してから練習を終えた。燐は気が向きさえすれば覚えが早いから、一度試しておけば今後は難なく使いこなすことができるだろう。

「弥琴の電話にも、おれの連絡先が入っているか？」

スマートフォンを置いた燐が、弥琴の画面を覗き込む。

「もちろん入ってますよ、ほら」

弥琴は電話帳を開いて見せた。燐のスマートフォンに弥琴の番号を入れるのと一緒に、きちんと弥琴のほうにも燐の番号を登録しておいたのだ。抜かりはない。

だがしかし、燐は画面を見ながら、何やらぐぐっと眉根を寄せる。

「……狐塚のもあるな」

燐はどうやら、弥琴の電話帳に入っていたのが自分の名だけではないことが不満であるようだ。

「困り事があればいつでも連絡をくれって言ってくださいましたから。燐さんも狐塚さんの連絡先を入れておきますか？」

「いや、いらん」

燐はしかめ面のまま、狐塚の下にある名前を指さす。

「狐塚はともかく、こっちの黒木《くろき》というのは誰だ」

「ああ、伊勢《いせ》さんの恋人の春貴《はるたか》さんですよ」

「伊勢の……あいつか」

弥琴の友達で、蛇神である伊勢は、人間の男と恋に落ちた。思いを告げ合い兄神に認められ、晴れて恋人同士となったふたりだが、春貴はこれまで神どころかあやかしにすら触れずに生きてきた、ごくごく普通の人間であるのだ。

それゆえに、今後伊勢と共に在るには困ることも出てくるだろう。そんなとき、人であり、且つあやかしの世界に生きる弥琴であれば相談に乗れることもあるかもしれない。そう思い、電話番号を交換したのだ。

「けど狐塚さんも春貴さんも念のため、ですよ。別にしょっちゅう連絡を取り合ったりなんかはしていませんから」

「わかっている。それに、連絡を取っていても、おれは気にしない」

「ふふ、そうですか。それでも、わたしがよく使う連絡先は、きっと燐さんだけです」

弥琴のスマートフォンに登録されている連絡先は、狐塚と春貴、そして燐の三件だけだ。人の社会にいた頃に使っていたものにはもっと多くの名前が連なっていたが、新しい機種には移さなかった。せっかく新しい生活を始めることができたのだから、これまでの縁はきっぱり切ってしまいたかったのだ。

古いスマートフォンは、手元に残してこそいるが、引き出しの奥に仕舞っている。充電もとっくに切れており、今は電源が入らなくなっているだろう。

「まあ、おれのもそれほど使うことはないだろうが」

燐が湯呑みに残っていた茶を飲み干した。

「電話するなってことですか？」

「そうじゃない。いつだってそばにいるんだ。電話などする必要もないだろう」

「んん、確かに」

「電話もいいが、やはり顔を見て話すのが一番いい」

そうだろう、と問う燐に、弥琴は頷いた。同じ場所で同じ時間を共にするのは特別なことだ。それに、面と向かって話さないと伝わらないこともある。直接言われてもわからないことだって、もちろんあるけれど。

「さて」

燐が伸びをしてから立ち上がる。

「帳場に行くんですか？」

「ああ。先ほど誰か来たようだからな」

「えっ、そうなんですか！」

空になったふたつの湯呑みを手に、弥琴も腰を上げた。燐を追い越して駆け足で台所へ向かう。

燐はしばしば来客を待たせることを気にしない。あやかしが帳場を訪ねてきたことに気づいていたくせに、三時間という長丁場の昼寝を始めたこともあったくらいだ。やって来るあやかし側も、待たされることを厭わない気長な者ばかりであるから、とくに困ったことはないのだが。

（わたしもまったりした暮らしには慣れてきたけど、さすがにひとを待たせてのんびりするのは、まだ気が引けちゃうな）

弥琴は苦笑しつつ急いで湯呑みを洗い、先に帳場へ向かった燐を追いかけた。

帳場の表玄関の隣には、待合室として使っている小さな座敷がある。そこに、一体のあやかしが座っていた。

「待たせたな。幽世の門の管理番、猫又の燐だ。どうぞこちらへ」

燐が呼びかけると、そのあやかしは受付を行うほうの座敷へとやって来た。

長い黒髪を緩くひとつに束ね、松葉色の着物に墨色の羽織を纏っている。涼やかな切れ長の目が印象的な、青年姿のあやかしだった。

並んで座る燐と弥琴の正面に、あやかしは衣擦《きぬず》れの音をさせて腰を下ろす。

「燐の妻の弥琴です」

弥琴が頭を下げると、あやかしも同じようにした。そして、

「私は樹齢二百の楠《くすのき》で、名を鈴音《すずね》と言う」

と自分のことを述べた。

淡々とした声色の穏やかな話し方は、やはり楠……木から生まれたあやかしであるからだろうか。姿かたちは人と同じだが、言われてみれば確かに、鈴音は植物じみた雰囲気を持っていた。地に根を張り、ひと所でゆっくりと長い時を生きる樹木のように、浮世離れした落ち着きを感じる。

「楠の精がなぜ幽世へ？　依代《よりしろ》を失いでもしたのか」

燐が問うと、鈴音は首を横に振った。

「私は幽世へ行くためにこちらを訪ねたわけではない。ひとつ、相談事があり参った」

「ほう、相談事」

少し前にもあやかしたちからの相談を受けたばかりだ。それも燐の仕事のひとつとはいえ、こうも立て続けに来るのは珍しい。

(この間みたいに危険なことじゃないといいけど)

前回の件——七衛と八座のことを思い出し、弥琴は心配したが、今回はいろんな意味で、以前とは少々毛色が違っていた。

「ただ、聞いていただきたい相手は燐殿ではない」

鈴音の視線が、つと弥琴へ向く。弥琴はぱちりと瞬きをした。

「弥琴殿、私はあなたに会いに来た」

え、と思わず声が出た。

焦りながら燐を見ると、気に入らないと思いきり顔に書いてあった。が、さすがにそれを口に出すほど大人げなくはなく、やや尖《とが》った声色で鈴音に言う。

「弥琴に相談とは、一体どういうことだ?」

客の前だというのに、燐は構わず机に頬杖を突いた。

鈴音はその態度に気分を害する様子もなく、燐に向かい一度頷いてから、弥琴へ視線を戻す。

「弥琴殿は、人であると伺っているが」

「え、ええ。そうです」

「私の相談とは、人捜しなのだ。だから、弥琴殿に話を聞いてほしかった」

そう言われ、燐ではなく弥琴を選んだことに納得した。確かに人を捜すとなれば、あやかしよりも人のほうが都合がいいかもしれない。

妖狐のように人に紛れて生きる同胞《どうほう》がいるわけでもないあやかしは、人の社会に入っていったり、人へ頼みごとをしたりするのは難しい。その点、管理番の妻であり、且つ人である弥琴には、相談もしやすいというものだ。

「なるほどな。そういうわけか」

単純な理由だったからか、燐の機嫌も戻ったようだ。燐はちらりと弥琴を見る。どうする、と問うているのだ。

（うぅん、人捜し……そりゃ人間のわたしならあやかしより融通利くかもしれないけど、でも人間だからって簡単にできるわけじゃないしなあ）

迷いはあった。けれど、すぐに腹を決めた。

「鈴音さん、話してもらえますか？」

力になれる自信はなくても、何も聞かないまま突っぱねることはできない。せっかく自分を頼って来てくれたのだから、できる限りのことはしようと、弥琴は背筋を伸ばして鈴音と向かい合う。

鈴音はゆっくりと頭を下げ、燐と弥琴に順に目を遣った。よく見ると鈴音は、瞳孔のない不思議な目をしていた。

「捜してほしいのは、兵助《へいすけ》という名の、私の友人」

鈴音が話し始める。

「私は、とある民家の庭に生えている。兵助とは、その家に一時だけ暮らしていた青年だ。歳は二十二と言っていた。幼い頃からあやかしの見える性質だったらしく、兵助には私の姿もはっきりと見えており、慣れているのか驚くこともなかった」

鈴音の家は、富山県西部にあるという。石川との県境を跨《また》ぐ医王山《いおうぜん》を望める土地に、田んぼに囲まれぽつりと建っているそうだ。

「兵助は、家の主人の甥《おい》で、本当は都会に住んでいると言っていた。病に罹《かか》ってしまったために、空気の綺麗な里山にあるこの家に、しばらくの間療養に来たのだと」

「鈴音さんはそれまで、兵助さんに会ったことがなかったんですか？」

「ああ。兵助の母があの家の生まれなのだが、その母……兵助の祖母との折り合いが悪く、嫁いでから家に戻ることはなかった。弟である家主とは連絡を取り続けていたようだが」

兵助が母方の実家にやって来たのは、そのときが初めてだったと鈴音は言った。

「生まれて百年でこの精霊の身を得てから、私は、私が見える人間に初めて出会った。私は毎日兵助と話をするのを楽しみにしていた。そして兵助も、友のいないこの地で気楽に接することのできる相手ができて嬉しいと、家の者たちの目を盗んでは私のもとへ来て、多くのことを話してくれた」

鈴音の喋り方には抑揚がなく、表情もとんと変わらない。だが感情がないわけではないようだ。よく観察してみれば、言葉の端々や単色の瞳に、時折懐かしさのようなものを滲《にじ》ませているのがわかる。

「兵助があの家にいたのは、三月《みつき》ほどのことだったか。たったひと季節の間だが、根を張った地で、人々の暮らしをただ眺めて生きていた私にとっては、とても色濃く楽しい日々だった」

「ひと季節を鈴音さんの家で過ごして……そのあと兵助さんは、体調がよくなって家に帰られたんですか？」

「いいや、逆だ。病が悪化し、入院することになりあの家を出た。その後、退院したらしいと家主たちが話していたのを聞いたが、私の言葉は彼らには届かないから、兵助がその後どうなったのか、どこで何をしているのかを聞けなかった」

「そうだったんですか……でも、退院したのなら元気になったってことですから」

「ああ。そう考えている」

鈴音は頷く。

「家を離れるとき、兵助は必ずまた会いに来ると約束してくれた。けれど兵助と会ったのはあれきり。私は、待っていればいつか必ず兵助が戻って来てくれると信じ、兵助が今もどこかで元気に生きていることを願っていた」

鈴音はそして、視線を落とし、自らの手のひらを見た。

「ただ、生まれてから二百年を超えたところで、私はこのように少しの間であれば依代から離れて動けるようになった。今なら私から兵助に会いに行ける……そう考えていたとき、ちょうど、管理番の燐殿が人の嫁を貰ったという話を聞いた」

弥琴のことを知り、人である弥琴に兵助のことを相談してみようと、この黄泉路横丁の燐の屋敷までやって来たのだという。

話し終えた鈴音は顔を上げると、丁寧に座布団から下り、両手をついて深く頭を下げた。

「どうか、手を貸していただきたい。友にもう一度だけ会えるよう」

「あ、いやいや、そこまでしなくても！　鈴音さん、頭を上げてください」

弥琴が慌てながら言うと、鈴音は静々と体を起こし、座布団に座り直した。弥琴も姿勢を正し、一度ふうと息を吐く。

「わかりました。どれだけ力になれるかわかりませんけど、やれることはやってみましょう。鈴音さんのお友達捜し」

弥琴の言葉に、鈴音は細い目を見開いた。弥琴は眉を下げへらりと笑う。

「鈴音さんの家が近い親戚のものなら、その人たちから辿れば早いですし。案外簡単に居場所がわかるかもしれません」

「そうか。ありがたい」

「万が一それが駄目でも、最終手段として探偵に依頼するとかもできますから。なんにせよ、見つけ出す方法はきっとありますよ」

「そう言ってもらえると、心強い」

「はい。燐さんも、構いませんよね」

燐はいまだに頬杖を突いた姿勢のままだった。気だるげな視線を弥琴へ向けながら
燐は「ああ」と答える。

「弥琴がいいならいいんじゃないか。これも管理番としての仕事のひとつだからな、おれの仕事を手伝っているおまえの仕事ということでもある」

そう言いながらようやく居住まいを正し、袖に寄った皺を伸ばしてから、燐は鈴音と向き合った。

「鈴音、おまえに手は貸そう。だが捜し人が見つからない可能性もある。それは了承してくれ」

「もちろん。無理にとは言わない。捜して、見つからなければ諦めて、いつか兵助のほうからやって来る日を待つのみ」

「ああ。こちらもできることはしよう。友に会えるといいな」

燐の視線に気づき、振り向く。弥琴は燐に頷いて、ふたたび鈴音を見た。

「鈴音さん、もうちょっと兵助さんのことを知っておきたいです。兵助さんの苗字《みようじ》はわかりますか？」

訊ねると、鈴音は少し考えてから答える。

「向井《むかい》と言ったはずだ。兵助の母の嫁ぎ先が向井という家だったと記憶している」

「そうですか。フルネームがわかれば手掛かりになるかもしれないですね。SNSが見つかって、本人と直接やりとりできれば手っ取り早いんですけど」

弥琴は試しにスマートフォンで『向井兵助』と検索してみた。だがこれといって目ぼしい情報は拾えない。

「SNSはやってないのかなあ。若い人って大抵やってると思うんだけど」

「そういうものか」

「いやまあ、そう言いつつわたしはやってないんですけどね……あの、ちなみに、兵助さんが鈴音さんの家にいたのっていつ頃ですか？」

「そうだな、確か……五十、いや、もう六十年にはなるか」

「ろくじゅっ……えっ？　そんなに前ですか！」

驚いてつい大声を出してしまった。

「ああ、何か問題があるか？」

「問題と言いますか、思っていたよりも昔のことだったので」

「昔……そうか。人にとってはそのとおりだ。草木も早いものは瞬く間に枯れる。確かに、あのときとは、人の暮らしは随分変わった」

「そう、なんですよね」

最近の出来事と思っていたわけではないが、せいぜい五、六年前のことだと勝手に思い込んでしまっていた。つまり兵助は弥琴と同年代と考えていたのだが、六十年前となると、すでに八十を超えていることになる。

（八十歳くらいだとSNSをやってる人は少ないよね。ネットで捜すのは厳しいかな）

そもそもその年齢となると大きな問題があった。当時患っていた病気にかかわらず、まだ生きているか危うくなってくるのだ。もちろん、そのことを鈴音に話すことはできないが。

（六十年、かあ）

弥琴の想像よりもはるかに長い月日が空いていたようだ。

楠は長寿で知られる木であるから、二百年生きている鈴音でもまだ若く、六十年などさして長くは感じていなかったのだろう。

だが、人間にとっての六十年は、あまりに長い時間だ。

（兵助さんは、それだけ長い間鈴音さんのもとに会いに来なかったのか。鈴音さんの話を聞く限りでは、仲良さそうな気がしたけど）

体調のせいで自由が利かなかったのだろうか。もしくは他に来られない理由があったのだろうか。それとも、兵助は鈴音のことを忘れてしまったのだろうか。

（あやかしと人。考え方も、相手への思いの寄せ方も違うから、わからないよなあ）

弥琴はぶんぶんと首を横に振った。兵助の気持ちなど考えたところで答えは出ないし、今は関係ない。兵助の現在の居所を突きとめるのが弥琴の仕事だ。

「とりあえず、鈴音さんのおうちに行ってみましょうか。兵助さんがおいくつだろうと身内には変わりありませんから」

そう言ったところでふと思いつき、恐る恐る鈴音へ訊ねる。

「……ところで、六十年の間に家を売られたりとかはしていませんよね？」

鈴音の家がまったく別の家族のものになっていたら、大きな手掛かりを失ってしまうことになるが。

「ああ。持ち主の家族は変わっていない」

「あ、そうですか。よかった……」

ほっと息を吐いた弥琴に、鈴音は話を続ける。

「兵助がいた頃の家主は亡くなったが、その娘一家が家を継ぎ、暮らしていた」

「へえ……あの、暮らしていた、ってことは？　過去形？」

「娘の子どもたちが家を出て、その後夫が亡くなり、娘がひとりで暮らしていた。一年前までは」

弥琴は思わず目を閉じた。そして、なかば答えがわかっていた問いを投げ掛ける。

「……今は？」

「誰もいない」

思っていたよりも、兵助を捜すのは難しいかもしれない。

＊

とにもかくにも一度鈴音の家へ行ってみることになった。

いつものように洋服に着替えてから、黄泉路横丁の大門を通り、鈴音の家の近くまで向かう。

燐は猫の姿に変化していた。猫の燐と、普通の人には姿が見えない鈴音と並び、弥琴は田畑の広がるのどかな景色の中を、鈴音の家へと歩いていく。

「いいところですねえ」

見える範囲に民家はいくつもあるが、ほとんどの家々が隣家と接しておらず、田んぼを挟んでぽつりぽつりと建っていた。

視界が広く開け、すぐそばに聳える山々も雄大で、のどかな空気の流れる気持ちのいい場所だ。

「人の暮らしは変わったが、この風景は長く変わっていない」

鈴音がひとりごとのように言った。鈴音は家の屋根すら超える大きさの楠から、この土地とここに生きる人々の様子を見守ってきたのだそうだ。

やがて、鈴音の家に辿り着いた。この間、軽トラックとはすれ違ったが、歩く人にはひとりも出会わなかった。

鈴音の家は、平屋の日本家屋だった。背の低い生垣に囲まれた敷地内には、母屋の他に小さな離れがひとつあった。正面に広い庭があるが、楠は生えていない。鈴音の依代である木は裏庭のほうに立っているという。

弥琴は周囲を見回し、誰も見ていないのを確認してから「お邪魔しまぁす」と言って敷地に侵入した。外から裏庭へ回っていくと、他に何もない庭に、立派な楠が一本悠然と立っていた。

「これが鈴音さんですか」

「ああ。燐殿、登っても構わない」

「おれは木登りはしない」

鈴音はとんと飛び跳ねると、一番下の太い枝に腰かけた。そこが定位置なのだろうか、慣れた動作で幹へ寄りかかる。

見上げるほど背の高い楠は、無数の葉を青々と茂らせていた。少し風が吹くと、葉は隣同士で触れ合い、耳心地いい柔らかな音を立てる。

「私の名は兵助が付けてくれた」

鈴音が、伸びた枝から下がる葉に指先を寄せる。

「葉擦れの音が、まるで鈴を鳴らしたように軽やかだからと。兵助はいつも根元に座り、木陰の中から私を見上げては葉の鳴る音を聞いていた」

まるでそこに友がいるかのように、鈴音は自らの根元を見つめた。かつてはこうして鈴音が見下ろし、兵助が見上げ、笑い合っていたのだろう。

(見つけてあげたいなあ。兵助さん、どこにいるんだろう)

弥琴は兵助が生きていると信じているが、その願いどおりに生きていたとして、兵助の現在の年齢を考えると、これが再会の最後の機会になるかもしれないと思っていた。

六十年も友を思い続け、人である弥琴に頼ってまで兵助を捜そうとした鈴音の思いを、どうしても遂げさせてあげたい。

（きっと鈴音さんは、これからも兵助さんを大切に思い続けるだろうから）

あやかしが、人の想像よりも遥かに長い間、たったひとつのものを大事に心に留めるということを弥琴は知っていた。

だからせめて、これきりになったとしても、別れの記憶ではなく再会の思い出をつくらせてあげたかった。

「もう誰も住んでいないのに、土地を売りに出していないのか」

いつの間にか周囲を回っていたらしい燐が、表のほうからとことこと戻って来る。

「家を壊していないし、次の住人も来ていないから、そうなのだろう」

鈴音はそう言って、「ただ」と続けた。

「空き家になってしばらくしてから、弥琴殿と似た年頃の娘がひとり訪ねて来たことがある」

「それは、この家に住んでいた者ではないのか？」

「見知らぬ娘だった。自分の家のように隅々まで掃除していったから、新たな住人かと思いきや、娘が現れたのはそれきりだった。その雨戸も開け放ち、丁寧に家を磨いていたのだが」

鈴音が建物のほうを指さす。

裏庭に面した部分は全面きっちりと雨戸が閉められていた。開けると縁側になっているそうだ。この家の者たちは、よくあの縁側で茶を飲んだり本を読んだり、昼寝をしたりしていたという。

「掃除を終えた娘は、縁側に座って何をするでもなく、私を……この木を見ていた。もしやと思い話しかけてみたが、娘には私の声は聞こえず、姿も見えていなかった」

鈴音は、その娘も兵助のように自分が見えているのではと思ったようだ。そう思い込んでしまうほどの真剣なまなざしで、楠を見つめていたということだろうか。

「やはりあやかしの見える者にはそう出会えるものではないな」

「その方がどなたかわかりませんが……とりあえず、ここに住んでいた人が今どこにいるのか知りたいですね。その人たちならきっと兵助さんのことを知っているでしょうし」

まずはそこから辿ろうと決め、鈴音に住人のことについて訊ねる。

「最後までこの家に住んでいた方ってどなたですか？」

「陽子《ようこ》という。兵助の従妹《いとこ》にあたる。陽子が今どこに暮らしているかは知らない」

「そうですか……ちょっとご近所さんに聞いてみましょうか。あ、こちらのお宅の苗字ってなんでしたっけ」

「田岡《たおか》だ」

鈴音が地面に下りてきた。長い黒髪と羽織の裾がふわりと浮いてから沈む。

「鈴音さん、ここで休んでいてもいいですよ。燐さんとわたしとで行ってきますから」

少しの間であれば依代から離れられると言っていたから、つまり言い換えれば、長時間木から離れることはできないということだ。あまり無理はさせられない。

「いや、私も行こう。私自身のことであるのだし」

そう言われればこちらも残れと強くは言えなかった。

弥琴は猫姿の燐と鈴音と共に、近くの家を回ることにした。

斜向《はすむ》かいにあった家のチャイムを鳴らしたが応答がなく、田んぼを二ブロック挟んだ場所にある二軒目もやはり留守にしていた。ほんの少し歩き、道の先にあった三軒目の家のインターフォンを押す。

ブー、と昔ながらの音がして、しばらく待つと、どこからか「はいはーい」という声が聞こえた。

「すみません、お伺いしたいことがあるのですが」と声のしたほうへ言ってみると、玄関ではなく、その横の掃き出し窓の網戸がからりと開いた。

「はい、どちら様？」

「あ、えっと、わたくし日下部と申します」

弥琴がぺこりと頭を下げると、出てきた女性も同じように頭を下げた。六十代半ばほどの年齢だろうか、やや小太りで化粧っ気はないが、お洒落《しゃれ》なデニムの割烹着《かっぽうぎ》を着ていた。

「突然すみません。あの、あちらのお宅に以前住まわれていた、田岡陽子さんのことについてお聞きしたいのですが」

田岡家は、この家からも見えていた。弥琴が手で指し示すと、女性は「ああ」と明るい声で言った。

「田岡さんなら去年引っ越されたわよ。病気をしちゃってね、まあそんなに重篤な病気じゃなかったらしいんだけど、息子さんが、ひとりで暮らすのを心配されて」

女性は開け放った掃き出し窓の枠に手をかけながら、大袈裟《おおげさ》な身振り手振りで話し出す。弥琴は女性のほうへ寄り、ふんふんと相槌《あいづち》を打ちながら聞いていた。

「息子さんの家の近くで、施設に入ることにしたんですって。息子さんも本人も、それが安心だからって。まあ息子って言っても、もう五十過ぎくらいなんだけどね」

「どちらにお引っ越しされたかご存じですか？」

「富山市だったはずだけど……でも何？　そんなこと聞いて」

女性の目が不審なものを見る目に変わったので、弥琴は「や、その、別に、わたしは怪しいものでは」と怪しい返答をしてしまった。女性の視線がさらにきつくなっていく。

「弥琴殿、落ち着いて。田岡家のことを知りたいわけをきちんと話せばいい」

隣にいた鈴音に諭され、弥琴は「そうですね」とつい声に出しかけた。どうにか堰《せ》き止め、ひとつ呼吸してから、「あの」ともう一度話し始める。

燐は玄関前の石段でぺたりと伏せてあくびをしている。

「わたし、田岡さんのご親戚の、向井兵助さんという方を捜しているんです。えっと、わたしの祖父が、以前兵助さんにお世話になったそうで。そのとき兵助さんが、あちらのお宅で一時的に暮らしていたということだけわかっていまして」

さすがにあやかしが捜しているとは言えなかった。

そこだけ嘘を交えながら理由を伝えたら、女性は案外すんなりと納得し、思いがけない情報を教えてくれた。

「兵助さんっていうのはわからないけど、向井さんなら、今あのお宅を管理してる方よ。田岡さんの親類だそうで」

「あ、え、そうなんですか？」

予想していなかったことだ。弥琴は思わず前のめりになってしまう。

「その向井さんって、田岡さんの親戚の向井さんで間違いないですか？」

「ええ。田岡さんからも、今後は向井さんっていう身内があのお宅を管理するって話を聞いていたから。でも、向井さんご本人は遠方に住まわれてるとかで、わたしも一度しか会ったことがないけどね」

女性は視線を左上に向けながら、話を続ける。

「ちょうどあなたくらいの歳だったかなあ。なかなか来られないから、もしも何かあったら連絡をくださいって言われて、名刺を貰ったはず」

「なら、向井さんの連絡先がわかるってことですか？」

「まあ、そうだけど」

弥琴と同じ年頃なら、もしかしたら鈴音が見たという人のことかもしれない。兵助に近しい人物だろうか。

少なくとも、現状で最も有力な手掛かりである。

「あの、その人の連絡先、教えてもらえませんか」

これを逃す手はないと、すかさず訊ねた。が、

「それは駄目よ」

とあっさり断られてしまった。

「あなた悪い子には見えないけど、今ってそういうの厳しいでしょ」

「そ、そうですよね……」

言われてみれば確かに。この女性にとって弥琴は素性も知れない相手であるし、そんな相手においそれと他人の個人情報を教えるはずもない。

（いろいろ喋ってくれたから、いけそうな気がしたんだけどなあ）

人の好さに頼れるのはここまでだろう。これ以上聞くのは今のご時世、なかなか難しそうだ。

「教えてくださり、ありがとうございました」

弥琴は礼を言い、女性宅を離れた。

これからどうしようかと考えながら、鈴音の家まで続く一本道を戻っていく。

（あの家の持ち主だとしたら、登記簿とかから探れたりするのかな）

法的な持ち主が、鈴音の家に現れたという若い女性に移されているならば、彼女のフルネームを調べることまではできるだろう。二十代であれば、SNSで接触できる可能性もある。

もしも弥琴のようにSNSをほとんどやらない、現代社会に染まらない二十代だとしたら……そのときは、探偵を雇うという半分冗談でした話が現実味を帯びてくる。

（まあ、とりあえず、やれることはまだあるか）

何もわからないわけではなく、手掛かりも繋がりもいくつもあるのだ。それをひとつひとつ手繰り寄せていけば必ず目的の場所まで辿り着ける。

「よし。鈴音さん、もうちょっと待っていてくださいね。今ある情報から、次の情報を見つけますから」

近くに人がいないか確認するのも忘れ、弥琴は隣を歩く鈴音へ話しかけた。

すると、

「もう、ここまででいい」

と、鈴音はやはり抑揚のない声で言った。弥琴は「えっ」と聞き返す。

鈴音は、ほんのわずかに笑みを浮かべていた。弥琴が鈴音に会ってから初めて見た表情だった。

「手間をかけてすまない。私の想像していた以上に、人であっても人を捜すというのは大変なのだな。あの家が今は向井の者の手にあるとわかっただけで十分。であればいずれ、兵助がやって来ることもあるだろう」

「いや、でも」

「ありがとう。もう十分だ」

鈴音はそして、道の真ん中で弥琴に頭を下げた。弥琴は唇を薄く開けたまま、何度も瞬きしながら、鈴音の結った黒髪が肩を滑り落ちていくのを見ていた。

「……」

視界に燐の姿が映り、なかば助けを求めるように視線を送る。だが、燐は答えをくれず、ただ弥琴を見守っているだけだ。

これは弥琴の仕事なのだから、弥琴が決めろと言っているのだろうか。

（もういいって言ってるなら、もういいはず）

頼まれたという理由がなくなれば、捜してやる義理はない。そもそも本人が十分と言っているにもかかわらず、部外者が納得しないのは、いらぬお節介というものだ。むしろ鈴音に迷惑をかけかねない。

（でも、なんだろう。鈴音さん、絶対本心じゃないよね）

弥琴には、他人の心の機微を推し量る能力はない。だが鈴音の思いはなんとなくわかる気がした。

鈴音は諦めているわけではなく、我慢しているだけなのだ。相手を思うあまり自分を押し殺し、平気だという顔で笑う。弥琴にも、よく覚えのある感情だった。

「……鈴音さん」

声をかけると鈴音の頭が上がる。その鈴音の顔を見て、弥琴は唇を結んだ。

下げた両方の手のひらをぎゅっと握る。何が最善かも、何が鈴音のためになるかもわからない。ただ、鈴音の頼みを受けたときに言ったことを思い出した。やれることはやると、確かに言ったのだ。

そしてまだ、やれることは残っていた。

「わたし、行ってきます！」

「え」と声が聞こえたときには、弥琴は走りだしていた。

先ほどの家に入っていき、網戸越しに寛《くつろ》いでいた女性へ声をかける。

「あのぉ！　すみません！」

「え、な、何？」

女性は驚いて、食べていたスナック菓子を噴き出した。弥琴は構わず網戸を開け、床に手を突き身を乗り出す。

「向井さんの連絡先を教えてもらえないなら、代わりに、えっと、わたしの代わりに向井さんに連絡を取っていただけないでしょうか」

女性は右手に食べさしのポテトチップスを持ったままぽかんとしていた。弥琴はなおも言い募る。

「わたし、どうしても兵助さんの居所を知りたいんです。兵助さんに、どうしても会わせたい人がいるんです。今を逃すともう二度と会えないかもしれなくて。だからどうか、お願いします」

「……」

「鈴音という者が兵助さんに会いたがっていると、伝えてもらえるだけでいいんです」

お願いしますともう一度言って、弥琴は一歩下がり、頭を下げた。

変人に思われても構わない。他の誰に疑われてもいい。鈴音の名が兵助に届きさえすればいいのだ。そうすればきっと、兵助はわかってくれるはずだから。

「弥琴殿……」

追ってきたらしい鈴音の声が聞こえた。弥琴は、スニーカーの紐《ひも》の結び目をじっと見ていた。

沈黙のあとで女性のため息が聞こえる。立ち上がる気配がして顔を上げると、

「わかったわ。ちょっと待ってて」

と、女性が家の奥へと入っていった。

弥琴は息を吐き出しながら肩に入っていた力を抜いた。意気込んではみたものの、内心かなり緊張していたみたいだ。弥琴の心臓に毛は生えていない。思い切った行動をするには、体力と精神力を削らなければいけない。

「弥琴殿、いいと言ったのに」

鈴音が弥琴の肩に手を添える。

「すみません、勝手なことをしてしまって」

「謝ることはない。私が弥琴殿に迷惑をかけたくなかっただけだ」

「気にしないでください。迷惑とか思ってませんし、わたしだってここでやめたらずっと気になっちゃいますから。辿れるものがあるうちはやってみましょう」

燐が足元にやって来てお座りする。弥琴のやることに口を挟まずただそばにいる燐

を、弥琴は指先でそろそろと撫でた。

少しして女性が戻って来る。女性は、電話が繋がっているスマートフォンを弥琴に差し出した。

「向井さんからよ。あなたに代わってって」

弥琴はスマートフォンを受け取り、耳に当てた。

「もしもし、お電話代わりました、日下部と申します」

そう言うと、耳元のスピーカーから返事が聞こえてくる。

『……向井、七菜子《ななこ》と申します』

若い女性の声だった。七菜子と名乗った女性は、続けて、

『兵助の孫です』

と告げた。

「兵助さんの、お孫さん？」

弥琴は鈴音を見た。鈴音はほんの少しだけ目を細める。

『お話は聞きました。あなたのお祖父《じい》さん……鈴音さんが、祖父に会いたがっていると。祖父が田岡の家にいたときに知り合っていたんですよね』

「はい。兵助さんを捜して田岡さんのお宅に辿り着きまして。それでご近所さんに七菜子さんのことを聞き、連絡していただいたんです」

『そうだったんですか』

弥琴は兵助のことを訊ねようとした。

しかし弥琴が問うより先に七菜子が口を開く。

『もし、よければなんですけど、近いうちに、わたしが直接お会いしてもよろしいでしょうか』

「え、七菜子さんが、ですか？」

『はい。日下部さんと……鈴音さんに』

どこか切実な口調で、七菜子はそう言ったのだった。

＊

七菜子とは、一週間後に鈴音の家で会う約束を取り付けた。お世話になった女性は結局最後には笑顔で見送ってくれたが、かなりの迷惑をかけてしまったことには違いないので、七菜子との約束の日に菓子折りを持って再度訪問することを決めた。

「七菜子さんが兵助さんのお孫さんってことは、兵助さんはお嫁さんを貰ってお子さんを作ったってことですよね」

電話では、現在の兵助のことを聞けなかった。一週間後の予定を決めると七菜子は

「では後日」と早々に話を終わらせてしまったし、弥琴も他人の電話で長話するわけにいかず、詳しく訊ねることができなかったのだ。

だとしても、兵助の孫と会う約束を取り付けられただけで大きな成果だった。そして孫がいるということはつまり、兵助は鈴音と別れたあと、少なくとも子を生《な》すまで元気になったということだ。

鈴音も、兵助の孫に会えると知り楽しみにしていたようだった。兵助に辿り着くのは間もなくと言えるだろう。

「ところで燐さん、さっきから何してるんですか?」

今日の夕飯は横丁で食べようということになり、弥琴は燐と共に黄泉路横丁の定食屋に来ていた。

店の外は今夜も飲めや歌えやの大騒ぎだ。日の出ているうちは静かな横丁も、夜は住民たちが祭りのように遊び倒す。頭上に浮かぶ提灯が灯り、どこからか笛の音が聞こえ、誰からともなく踊り出し、酒を持ち寄りふざけ合う。

奇妙な様相のあやかしたちが蔓延る様子は人にはとても恐ろしく見える。だがすっかり慣れてしまった弥琴は「みんな今日も元気だなあ」くらいの感想しか抱かなくなってしまっていた。

そして今夜も「みんなあの歌好きだなあ」と思いながらあやかしの歌声を遠くに聞

き、今日の出来事について考えつつ、頼んだ品が出て来るのを待っていたのだが。

燐は先ほどからずっとスマートフォンの画面を眺めていた。燐がスマートフォンを持ち始めて数日、食事の席でまでこうして真剣に見ているのは初めてだった。

「ああ、いや、すまない」

と、燐が画面から顔を上げた。

「まだ料理来ていませんから、構いませんよ。食べながら見てたらさすがに叱りますけど」

「そんな行儀の悪いことはしない」

「ゲームでも始めたんですか？」

「げーむ？　いや、実は狐塚から写真が届いてな、それを見ていた」

「狐塚さんから？」

「これは、どうやってあるばむに保存するんだ？」

向けられた画面を見てみると、狐印のメッセージアプリに十数枚の写真が送られてきていた。以前にプリントされて届いた、燐と弥琴の祝言の写真だ。最後には狐塚からのメッセージも来ている。

『燐様のスマホデビュー祝いに、気軽に思い出を振り返られるようデータでもプレゼントいたします』

とのことである。

「狐塚さん、サービス精神旺盛な方ですね……」

もう燐も弥琴も玉藻結婚相談所の顧客にはならないのに、アフターサービスの質が良すぎる気がする。まさか、ふたたび顧客になるのを狙っている……とは思いたくないが。

「大方おれからの礼の品である油揚げ狙いだろうよ。先日の写真が届いたあと、事務所宛てに送ったんだ」

「えっ、そうだったんですか？　わたしにも教えてくださいよ」

「弥琴の花嫁姿を残してくれたことへの、おれからの礼だったからな」

「燐さんだけずるいですよ。わたしだってお礼を言いたいくらいのことだったのに」

「ふふ、ならこの写真の礼は連名で届けよう」

写真の保存の仕方を教えるため、一枚だけ弥琴がやってやると、そのあとは燐が自分で操作していった。

最後の一枚を保存し終えた燐は、アルバムを開き、ずらりと写真の並ぶ画面を弥琴に見せる。

「見ろ、もう弥琴の写真でいっぱいだ」

燐の言うとおり、アルバムの中身はすべてが弥琴の写真だった。まだ持ち始めて間もないというのに、何度もスクロールしないと最初のものに辿り着かないくらいの枚数がある。

「でもちょっと恥ずかしいですね。知らない間に撮られてるのもあるし……」

「弥琴だっておれが昼寝しているところを撮っているのだろう。知ってるぞ」

「うっ、なぜそれを」

「ちょうどふたりで写っているものも欲しかったところだ。仕方ない、油揚げの他に稲荷鮨《いなりずし》も追加してやるか」

燐はスマートフォンを袂にしまいながら、ふと「そういえば」と呟いた。

「弥琴の昔の写真はないのか？」

「昔？」

「おれと出会う前のおまえだ」

弥琴は「はあ」と気の抜けた返事をしながら考える。言われてみれば、自分のスマートフォンに自分の写真など入っていない。

「社会人になってからはあんまり遊びに行くことがなかったですし、自撮りもしないので、自分の写真は全然ないですね。大学生の頃は携帯で撮ったりしてましたけど、もうデータが消えちゃってますから」

携帯電話を持つようになってからフィルムカメラで写真を撮ることがなくなった。

プリントをしなくなり、データだけで置いていたものもさほど思い入れがなかったから、機種を変えたときに引き継がず、そのまま消してしまった。

「ただ、子どもの頃の写真なら……実家にはあるかもしれませんけど」

小学生の頃の写真であれば、現像しプリントしたものがあったはずだ。誰にも捨てられていなければ残っているだろう。

「実家か。弥琴は、ここに来てから実家に行っていないが」

「そうですね。ここに来てからどころか、社会に出てから一度も。大学を卒業する直前に帰ったのが最後かな」

「いいのか？」

帰らなくてもいいのか、という燐のその問いに、弥琴は苦笑しながら答えた。

「ええ。実家と言っても、もう誰も住んでいませんし」

帰らないのは、帰る理由がないからだ。決して帰れないからではないから、今まで気にしたこともなかった。

五歳から高校卒業までを過ごしたあの家は、弥琴にとってかけがえのない場所ではある。ただ、待つ人も、会いたい人もいない場所へ帰ろうとは思わなかった。

「……弥琴」

と、燐が何かを言おうとしたとき、

「お待ちどお！」

頼んでいた料理がやって来た。店主のトカゲ顔のあやかしが両手に載せた盆をそれぞれ卓の上に置いていく。

「燐様は月見うどん、奥方はデミグラスソースのふわとろオムライスね！」

「うわあ、美味しそう！　これって新メニューですよね」

「奥方が食べたいって言ってたから洋食も勉強したのさ。もうパスタもドリアもビーフストロガノフもお手の物だよ！」

「すごい、本当ですか。次に何食べようか迷っちゃいますね」

いただきます、と手を合わせてから、スプーンで掬ってひと口食べた。学びたてとは思えない本格的な美味しさに、弥琴は悶《もだ》えながら頬を押さえた。

燐は、やはり何か言いたそうだったが、結局何も言うことなく、そのうち自分の食事に手を付け始めた。

＊

一週間が経ち、兵助の孫である七菜子に会うため、弥琴は燐と共にふたたび鈴音の家を訪れた。

まずはお世話になったご近所さんに美味しいお菓子を持って挨拶に行き、先日の非礼を詫びてから、またなぜか向こうからも美味《うま》そうなお菓子を貰って、鈴音の家へ向かう。

敷地の入口には鈴音が立っていて、七菜子はまだ来ていないと言われた。待ち合わせの時間までは二十分ほどある。さすがに今回は勝手に侵入するわけにもいかず、生垣の外で七菜子を待つことにした。

「お二方は、随分早い」

「ええ。やっとこの日が来たなと思ったら家にいてもそわそわしちゃって。少し早く出て来てしまいました。ね、燐さん」

「おれは弥琴と茶でも飲んでから来たかった」

「帰ってから一服しましょうね」

「私も、この日を指折り数えて待っていた」

少し俯《うつむ》きがちに、鈴音が言う。

「やっぱり、鈴音さんも楽しみにしていましたか？」

「ああ。七菜子というのは、以前にこの家に来た娘だろうか」

「おそらくそうだと思いますけど」

「あのときに兵助の孫と知っていれば、もっとよく見てみたものを」

鈴音は顔を上げ、道の先を見つめた。ずっと先まで見通せるが、まだそれらしい人影は見えない。

「もう少しかかるかもしれませんね。わたしたちは横丁への道を使ってすぐに行き来できますけど、七菜子さんはそうはいきませんから」

七菜子は現在東京に住んでいると言っていた。東京から富山までは新幹線でも二時間以上かかる。新幹線のある駅からここへ来るにもまた時間が必要だ。

(田岡さんは富山市に住んでるって言ってたな。七菜子さんのほうがずっと遠いところに住んでるのに、どうして七菜子さんがこの家を管理してるんだろう)

祖父である兵助すらこの地の生まれではないのだ、この土地も家も、七菜子に縁はないようだが。

「兵助の孫か。あいつがもう、じじいになっていたとは。感慨深いな」

相変わらずの淡々とした口調の中にも、鈴音は言葉どおりの思いを滲ませていた。

かつての友の孫が、自分の知る友と同じか、それより上の年齢となって会いに来るというのは、どういう気持ちなのだろうか。自分はあのときと姿も変わらず、六十年も前のことをまるでついこの間のことのように感じているというのに。

(わたしには、一生わからないだろうなあ)

ただ、鈴音が前向きな気持ちで七菜子に会おうとしているのは確かだ。今日の機会が鈴音にとっていいものになるといい。

そう思いながら弥琴は、七菜子の到着を待っていた。

そして十分が経った頃。

「弥琴、あれじゃないか？」

暇そうにだらけていた猫姿の燐が、耳をぴんと立てたかと思うと、遠くのほうを見遣った。

燐の向くほうに目を凝らしてみると、確かに誰かが歩いてくるのが見える。その人は弥琴に気づくと、早足でこちらに向かって来た。細身のパンツスタイルとショートヘアがよく似合う、今時の若い女性だった。二十代半ばだろうか。もうすぐ二十七になる弥琴と同じくらいの年齢に見える。

「やはり、あのときの娘だ」

鈴音が言う。

「日下部さんですか？」

その人は近くまで来ると、切らした息を整えてからそう訊いた。

「はい、日下部弥琴です。向井七菜子さん、でしょうか」

「そうです。向井兵助の孫の」

お辞儀をする七菜子に、弥琴も同じように返す。

七菜子は、少し視線を左右に向けた。誰かを捜しているような仕草に、鈴音を捜しているのだろうと弥琴は気づいた。鈴音は七菜子の目の前にいるのだが、七菜子の目にその姿は映っていない。

「すみません、来ているのはわたしだけで」

「あ、そうでしたか。そうですよね、祖父と友達だったなら、鈴音さんもご高齢のはずだし」

七菜子は眉尻を下げ小さく笑う。

ちらりと鈴音を見ると、感情の窺えない涼やかな表情のまま、じっと七菜子を見つめていた。七菜子の中に、兵助の面影でも見ているのだろうか。

「えっと、立ち話もなんですから、中へどうぞ。おもてなしはできませんけど」

七菜子に促され、弥琴は敷地へと入っていく。鈴音はどうするのかと思いきや、すっと裏庭のほうへ消えてしまった。

七菜子が玄関の戸を解錠する。がらりと開いた戸の奥は、しんと静まり返っていて薄暗い。

「すみません、少し埃っぽいんですけど」

「いいえ、お構いなく」

「……あの、その子は」

「え？」

靴を脱いだところで振り返ると、猫の燐が何食わぬ顔で家に上がろうとしていた。

「あ、いや、うちの猫でして、あの、すみません……猫も大丈夫ですか？」

「ふふっ、構いませんよ。綺麗な子ですね」

「あはは、ありがとうございます」

燐は一応の挨拶のつもりなのか「にゃうん」と低く鳴いて、廊下をとことこと歩いていった。弥琴と七菜子は、燐のあとに続く形で家の奥へと進んでいく。

「この家も、以前は猫を飼っていたらしいんですよ」

と七菜子が言う。

「あの、七菜子さんは、田岡さんが暮らしていた頃にこの家に来たことはなかったんですか？」

「はい、一度も。田岡からもろもろ引き継いだあとに一度掃除をしに来たのが初めてでした」

「それなのにどうしてこの家を？　七菜子さんは東京にお住まいだと聞いていますし、この家を管理するのは大変でしょう」

「ええ、まあ。家族に猛反対されましたし、わたしもすぐに決断したわけではないです。すごく考えて、迷って、でも身内の誰も管理しないのならこの土地は売るって聞いたときに、決めたんです」

弥琴たちは、奥にある和室へと辿り着いた。障子を開けると、和室の奥にさらに廊下が……いや、縁側があった。

七菜子はまず縁側のガラス戸を開け、そして雨戸を開け放つ。

「祖父に言われていたんですよ。もしもこの家から人がいなくなったら、どうか自分の代わりに守ってくれないかって。この家を失いたくなかったみたいですけど、だからって縁もゆかりもないぼろい家を譲り受けろって、すごいこと言いますよね」

「ええ……確かに」

「わたしは一番下の孫で、一番に可愛がられていたし、おじいちゃんっ子だったから、頼みやすかったんでしょうかね」

眩《まばゆ》さに目を細めながら、差し込む光の先を見た。

柔らかな日差しを浴びる庭には、葉を堂々と茂らせた、立派な楠が立っていた。

「この家には、大事な友達がいるからと」

七菜子はハンカチで縁側の埃を適当に払うと、腰を下ろした。弥琴も隣に座る。

「日下部さん、コーヒー飲めますか」

「あ、はい。好きです」

「ではこれ、どうぞ」

七菜子は鞄《かばん》から微糖の缶コーヒーを二本取り出した。

「この辺りコンビニもないので、見つけた自販機で買っておいたんです。こんなものしか出せずすみません」

「とんでもない。お気遣いありがとうございます。あ、じゃあ、さっきご近所さんから貰ったお菓子、一緒に食べましょう」

個装の様々なお菓子を縁側に広げ、各々好きなものを選んでから、缶のプルタブを上げる。同時にコーヒーをひと口飲んだ。燐は弥琴の隣で寝ていて、鈴音は自らの枝に座っていた。

「先に伝えておきますね。わたしの祖父である兵助は、三年前に亡くなっています」

七菜子は静かにそう言った。

声も出せなかった弥琴に、七菜子は困ったような顔で微笑む。

「すみません、どうしても鈴音さんに直接伝えたくて、電話では言いませんでした。今日は鈴音さんに会えそうにないので、日下部さんに先にお知らせしておこうと」

「そう、だったんですか……三年前」

「ええ、長く患っていた病気がありまして。でも最後は苦しむことなく、家族に見守られ、眠るように息を引き取りました」

すでに兵助がこの世にいないと知り、ショックを受けた。もちろんすでに亡くなっている可能性を考えていなかったわけではない。生きて、鈴音と再会できると、信じていたかったのだ。

「……」

鈴音に目を遣る。鈴音の表情は、葉に隠れていてよく見えない。

「わたし、日下部さんからの連絡が来たときに驚いたんです。まさか、鈴音さんが実在していたなんて思ってもみなかったから」

七菜子がビスケットの包装を開けながら言う。

「どういうことですか？」

「馬鹿馬鹿しい話なんですけどね。祖父がよく話していたんです。祖父は若い頃、肺の病気に罹ってしまって、療養のため数ヶ月間だけこの家で過ごしたんですよ。それは日下部さんもご存じでしょうけど」

「ええ。その縁で、兵助さんを捜すためにこの家を訪ねさせてもらいました」

「そう、そのときに祖父は、鈴音さんと仲良くなったんですよね。祖父も鈴音さんのことをよく話してくれましたよ。でもね、どうしてか祖父は鈴音さんのことを、楠の精霊だって言っていたんです。庭に生えている、あの木のことです」

七菜子は楠を指さした。誰もいなくなった家の、何もなくなった庭に、今も力強く立ち続けている大木。

「祖父は昔から妖怪が見える体質で、だから鈴音さんのことも見えていてお喋りすることもできた、なんて話を小さい頃からしょっちゅう聞かされていました。おかしな話でしょう。だからわたし、ずっと祖父の作り話だって思ってたんですよ。でも日下部さんからの連絡で、鈴音さんが本当にいるんだって知って、驚いて」

七菜子はビスケットをひと口齧った。味など少しも感じていないような顔をしていた。

「どうして祖父は、楠の精霊だなんて嘘を言ったんでしょうね。そんなことを言わなかったら、わたしは祖父の思い出を疑いもしなかったし、もっと祖父の話を真面目に聞いてあげたし……祖父の願いを叶えてあげようと、必死になったはずなのに」

七菜子の視線が徐々に下がっていく。

「祖父は、ここへ来たいと、鈴音さんに会いに行きたいと、いつも言っていました。この家を離れ鈴音さんと別れるとき、必ずまた会おうと約束をしたそうです。その約束を果たしたいんだと」

食べかけのビスケットが、七菜子の手の中でぱきりと割れた。

弥琴は下を向く横顔の、かすかに震える睫毛を見ていた。

七菜子はそして、兵助のことを話し始める。

「若い頃の病気で一時は命も危ぶまれたそうですが、その後回復し、祖父は祖母と結婚しました。ただ、病気の後遺症で体が弱く、人並みに働くことが難しかったようです」

それでも家族のため、体の動く間は必死に働き続けていた。当時の兵助には、とてもこの家に遊びに来る余裕などなかったのだという。

やがて兵助は、妻と支え合い三人の子を育て上げ、無事定年まで職務を全うした。子どもも成人し仕事も辞め、ようやく自由な時間を持てるようになった頃には、兵助の体に自由が利かなくなってしまっていた。

「遠出をできるほどの体力がもうなかったんです。わたしが物心ついた頃にはすでに、近所を出歩くことすらままならないくらいでした。それでも祖父は、一度でいいからこの家に行きたいと言っていました。鈴音さんに会いたいんだと。とても大切な友達との約束を果たせていないことが、心残りだと」

「……」

「あんなに気の合う相手は後にも先にも鈴音さんただひとりだったと言っていました。鈴音さんは病気の祖父を憐《あわ》れんだりせず、ひとりの人間として接してくれたそうです。祖父にはそれがとても嬉しかったんでしょう」

七菜子はほんの少しだけ笑った。祖父とのあたたかい思い出を頭に浮かべているのだろう。

「兵助さんにとってもこの家での日々は、かけがえのないものだったんですね」

弥琴がそう言うと、七菜子は頷いた。

「鈴音さんと過ごす時間が、祖父はとても心地よくて大好きだったんです。鈴音さんを親友と……いえ、家族だと、思っていました」

「兵助さんがもしも鈴音のことをすっかり忘れていたら、なんてことを考えたこともありましたけど」

「まさか。鈴音さんと過ごした日々は短かったけれど、祖父は亡くなるまで鈴音さんのことを忘れたことはありませんでした。ずっと。だから……だから、鈴音さんが本当にいたのなら……」

そこで七菜子の声が止まった。七菜子は震える唇をきつく結んだ。

見開かれた目に、じわりと涙が浮かんでいく。見る見るうちにぶ厚さを増した涙の膜は、たった一度の瞬きで落ちた。

「会いに行かせてあげればよかった。わたし、どうしておじいちゃんの話を信じてあげなかったんだろう……！」

七菜子は両手で顔を覆い、声を上げ泣いた。

弥琴は七菜子の震える背に手を当て、ただ撫でてやることしかできなかった。どう声をかけたらいいのかわからなかった。

もしも七菜子が兵助の言葉を信じていれば、兵助が生きているうちにここへ連れて来ることもできたかもしれない。七菜子は決して兵助の思いをないがしろにしていたわけではないが、作り話とも思える友人の存在よりは、兵助の体のほうが大事だったのだろう。

(兵助さんと鈴音さんの再会は、もう叶わないんだ)

七菜子の気持ちを思うと、弥琴の胸にも後悔が押し寄せた。弥琴が七菜子に接触しなければ、七菜子は鈴音を架空の人物であると思い続け、悔やむこともなかったのだ。自分のしたことが七菜子を苦しめてしまうこととなった。

でも、七菜子と知り合わなければ、鈴音はいつまでもこの家で兵助を待ち続けていた。

(兵助さんのことを、鈴音さんは何も知れないままだった)

何が正解だったのかは、弥琴には判断できない。

「約束は果たされた」

ふいに、鈴音の穏やかな声が聞こえる。

弥琴が振り向くと、鈴音はふわりと枝から飛び、木の根元へ降り立った。

(鈴音さん?)

いつも兵助がいた場所に立ち、ひどく穏やかな表情で、鈴音は泣き続ける七菜子を見つめる。

「兵助はもういない。だが、兵助が残した思いを、七菜子が私に届けてくれた。これ以上の幸福はない」

木漏れ日の中にも鈴音の影は落ちなかった。けれど鈴音は、今も昔も、確かにこの場所にいた。

「七菜子、泣くことはない。兵助も私と同じ思いでいるはず。おまえに感謝しているはず。兵助が託した思いを繋げてくれたこと、私たちは、感謝している」

「……」

鈴音の声は、七菜子には聞こえていない。それなのに七菜子は、ふと伏せていた顔を上げた。

そのとき、風も吹いていないのに、楠の枝葉が大きく揺れた。青々とした葉が擦れ合い、まるで鈴の鳴るような音が響く。

――私の名は兵助が付けてくれた。

いつか、七菜子の祖父も聞いた音だ。あまりに美しい音だったから、友の……家族の名前とした。

（鈴音さん）

弥琴は七菜子へ視線を戻した。七菜子は、涙に濡《ぬ》れた真っ赤な目で、鈴の音のする楠を見ていた。

「あの」

呼びかけると、七菜子の目が弥琴へ向いた。

弥琴は小さく息を吸い、口を開く。

「兵助さんが言っていたのは、本当のことです。そしてごめんなさい、わたしは、嘘を吐いていました」

「……なんのこと、ですか？」

「鈴音さんはわたしの祖父ではありません。兵助さんの言っていたとおり、あの楠の精で……今もそこにいるんです。鈴音さんは今日、七菜子さんに会えるのを楽しみにしていたんです」

兵助はもういない。七菜子の悔いも消えることはない。だったらせめて真実を伝えたかった。兵助にふたたび会える日を信じ、この家で六十年待ち続けていた鈴音の存在を、七菜子に知ってほしかった。

「日下部さん、いいんですよ、無理に話を合わせてくれなくても」

七菜子は頬の涙を拭いながら笑う。

「そうじゃないんです。本当にいるんですよ」

「そんなわけないじゃないですか。いるわけないんですよ、妖怪も、楠の精霊も」

「七菜子さん、兵助さんも言っていたんですよね。鈴音さんはあの楠なんだって」

「祖父は冗談を言っていたのか、それともきっと、ただそう思い込んでいただけなんでしょう」

「いや、いるぞ」

という声に、弥琴と七菜子は揃って視線を同じ場所へ向けた。

声を発したのは弥琴の隣で寝ていた燐だ。燐はあくびをしてから立ち上がり、軽やかに庭へと下りていく。

（え、ちょっと、燐さん？）

弥琴は内心大わらわだった。猫の姿のまま七菜子の前で言葉を発するなど何を考えているのだろうか。

七菜子は目も口もぽかんと開けて、人の言葉を喋る猫を見つめている。

「あやかしはいる。祖父の言葉は信じられなくとも、自分の目ならば信じられるだろう」

庭の真ん中で立ち止まった燐の姿が、ふいにゆらりと揺らめいた。

輪郭が溶け、蜃気楼《しんきろう》のように歪《ゆが》み、ひとつ、ふたつ呼吸する間に、猫から人型へと変化する。

弥琴が見慣れたいつもの燐の姿だ。琥珀《こはく》色の瞳に小豆色の髪。そして猫の耳と、二股に分かれた尻尾。

「へっ……？」

七菜子が呆けた声を上げる。

燐のこの姿は通常なら人には見えないはずだ。しかし力のある燐は、自分の姿を自在に人に見せることができた。七菜子の反応を見れば、その目に燐の姿が映っていることは明らかだった。

「え？　急にとんでもないイケメンが……え、何どういうこと？　猫耳？」

「あわわ、えっと、大丈夫です七菜子さん、落ち着いて。あの、これはですね」

「七菜子よ、おれは猫又のあやかしだ。おれ以外にもこの世には多くのあやかしが生きている。そして、おまえの祖父が出会った楠の精もまた、確かにここに」

燐が横に退《ど》いた。後ろには鈴音が立っていた。

七菜子が、息を呑むのがわかった。

七菜子の目は楠ではなく、確かに、鈴音を見ていた。

「……」

弥琴は以前、燐に言われたことを思い出していた。それまであやかしの姿など見たこともなかった弥琴が、燐に嫁ぎ黄泉路横丁で暮らし始めた途端、横丁の外に生きるあやかしの姿までも当たり前に見えるようになってしまった理由を訊いたときのことだ。

——一度この世界に触れ、知ってしまえば、もう知らぬ頃には戻れんだろう。

普通の人にあやかしが見えないのは、あやかしがそこにいることを認識できていないから。ならばあやかしがいることに気づかされてしまったら。摩訶不思議《まかふしぎ》な現象を見せつけられ、知らなかったことを、知ってしまったら。

映らなかった人の目にも、それは、見えるようになるのだろうか。

「鈴音、さん」

七菜子の唇から零れた名は、間違いなく目の前にいるあやかしの名だった。

止まっていた七菜子の涙がふたたび溢れ出す。しかし今度は決して俯かなかった。確かめるように、瞼を閉じては開け、閉じては開ける。七菜子の目はずっと、鈴音のことを見ている。

「鈴音さん、ですよね。本物、なんですね」

「……どうしてそう思う?」

鈴音が七菜子に問いかける。

「おまえはあやかしを信じていなかった。人であれば、兵助の友である鈴音の見目はじじいのはずだ。私とは違う」

「わかりますよ。確かに、わたしが想像してた今の鈴音さんは、おじいちゃんと同じようにお年寄りの姿だったけど」

「……けど？」

「あなた、おじいちゃんの、言ってたとおりのひとだから」

兵助は七菜子に、きっとたくさん鈴音の話をしたのだろう。どんな姿で、どんな声で、どんな話し方をして、どんな出会いをし、どんな別れをし、どうやって共に日々を過ごしていたのか。

七菜子は兵助の話を信じなかったと言うが、それでもそのひとつひとつを大切に聞いていたのだ。だから目の前にいるのが、間違いなく兵助と出会った楠の精であることを、疑わなかった。

「おじいちゃんは、あなたのことを忘れたことなんて、一度もありませんでした」

何度も頬を拭いながら七菜子は言う。

鈴音は静かな表情で、木陰から七菜子を見ていた。

「私もだ。ただひとりの家族を、これからも、忘れない」

そう言って、鈴音はほんの少し、眩しそうに目を細めた。

「わたし、もうすぐこの家に引っ越そうと思っているんです」

やがて泣き止《や》んだ七菜子は、どこかすっきりした顔をしていた。目のまわりと鼻の頭を真っ赤にしたままで、弥琴に笑いかける。

「今、東京でイラストレーターをしているんですけど、仕事の仕方を工夫してみたら東京にいることにこだわる必要もなくて。今ってどこにいたって世界中の誰とでも繋がれますから」

「リモートワークってやつですね」

「そうそう。だから、この家でもこれまでどおりの仕事ができるんじゃないかって。少しリフォームして、あの離れを仕事部屋にしようとか考えているんですよ。疲れたら母屋に戻って来て、この縁側で休憩して」

「おお、いいですねえ。なんか憧れるなあ、そういう働き方。いや、でも今のわたしはほぼそんな感じか……」

「ねえ、いいですか鈴音さん。わたし、この家に住んでも」

七菜子は問いを投げかける。鈴音は枝の上に戻っていて、幹に寄りかかりながら寛いでいた。

「ああ。好きにしたらいい」

「本当ですか？」

「片付けくらいなら手伝ってやろう」

七菜子はぱあっと表情を明るくする。「ならすぐに準備を始めますね」と言うから、きっとこの人は言葉どおり、あっという間に事を進めてしまうのだろうなと弥琴は思った。

閉め切られていたこの家には、間もなく新しい風が通るようになるのだろう。

過去は戻らず、失ったものも帰っては来ない。けれど、新たな日々が待っている。

「ここに住めば、おじいちゃんの代わりにわたしが鈴音さんの家族になれますかね」

ぽつりと零された七菜子の呟きに、鈴音が反応する。

「誰にも兵助の代わりなど務まらない」

「……そうですよね、すみません」

「七菜子は七菜子だろう。兵助の代わりが誰にも務まらないように、おまえの代わりもまた、他には誰もいない」

顔を上げた七菜子に、鈴音は視線を向けようとはしなかった。

ただ、自身の葉の音を聞く楠の精の横顔は、どこか優しく笑んでいるように見えたのだった。

＊

「お腹空きましたねえ」

「甘いものでも食って小腹を満たすか。疲れたし、今夜も食事は横丁で済まそう」

「そうですね」

黄泉路横丁へと戻って来た弥琴と燐は、まだ明るく静かな通りをふたり並んで歩いていた。

弥琴はスニーカーだから足音が響かない。燐の下駄の音だけが軽やかに通る。

「そういえば七菜子さんって、これからあやかしが見えるようになっちゃうんでしょうか」

鈴音の姿ははっきり見えていたようだった。鈴音が見えるなら、おそらく他のあやかしも見えるはずだ。

「どうだろうな。おまえのようにどっぷりあやかしの世界に浸《つ》かったわけではないから、一時的なものかもしれない」

「それなら、そのうちまた鈴音さんが見えなくなるってことですか……一度見えるようになったのに、それはちょっと寂しいですね」

「ただ、あやかしが見えたという兵助の孫だからな。元々の素質はあるのだろうよ。そうしたら、もしかしたら」

これから七菜子の見る景色は変わるかもしれない。

燐はそう言って無責任に笑う。

「……急にあやかしが見えるようになるのって、燐さんが思うよりも大変なんですからね」

「まあでも、現世のあやかしが見えたところで、そう困ることはないだろう」

「うぅん、それはまあ」

弥琴だって慣れたくらいだ。弥琴よりよほど柔軟な頭を持っていそうな七菜子なら、たとえ少し変わったものが見えるようになったところですぐに馴染んでしまうのだろう。

現世のあやかしに恐ろしい者はいないし、何より七菜子のそばには鈴音がいる。心配はいらなかった。

「家族かあ」

弥琴は、七菜子の言ったことを思い出していた。

兵助は鈴音を家族と思い、そして七菜子も鈴音の家族になりたいと言った。そのことに何か思ったわけではないのだが、家族という言葉がなんとなく心に残った。

「なあ弥琴」

燐に呼ばれ振り向く。

「はい」

「おまえの家族はどうなんだ」

「え？」

予想していなかった問いに、弥琴は思わず足を止めてしまった。燐も一歩先で立ち止まる。

「わたしの家族、ですか」

「おれはおまえの家族に会ったことがないどころか、話を聞いたこともない。おまえを妻にと請うたおれが言うのもなんだが、人の世を離れ黄泉路横丁で暮らしているおまえのことを、おまえの家族は心配などしていないのか」

「それは、あの、大丈夫です……」

弥琴は無意識に俯いた。燐に嘘を言ったわけではない。本当のことだったからこそ燐の目を見続けることができなかったのだ。

（わたしの、家族）

果たしてそれが誰に当たるのか。思い浮かんだ人の顔を消すように、弥琴は唇を嚙む。

（わたしの家族は、おじいちゃんとおばあちゃん）

そして今は、燐だけだ。弥琴がどこで何をしていたとしても、案じる人などいはしない。

「……」

言い淀んだ弥琴を、燐がどう思い見ていたかはわからない。ただ燐は、それ以上訊いてくることはなかった。

燐は弥琴の手を取ると、屋敷までの道を歩き出す。弥琴は引っ張られるように燐のあとに続く。

「あ、あの、燐さん」

「すまなかった。言いたくないなら言わなくていいんだ。おれはおまえがそばにいればいいのだから」

「えっと、別に、わたしは」

「ただ」

と、燐が小さな声で言った。

「案外と、おれはおまえのことを知らないな」

弥琴は何も言えなかった。斜め後ろから、燐の見えない顔を見つめていた。

燐の過去を知らないことに、悩んだことがあった。けれど燐も同じ。燐も弥琴のことを知らなかったのだということに、今ようやく気がついたのだった。

「……」

確かに弥琴自身のことを燐に話したことはない。話すこともないと、これまでは思っていた。でも。

（このままじゃ、駄目だ）

燐とこれからも共に歩んでいくために。燐とも、そして自分自身とも、真正面から向き合わなければいけないときが来たのかもしれない。

弥琴は、繋がれた手をぎゅっと握り返した。

第四話
忘れじの約束

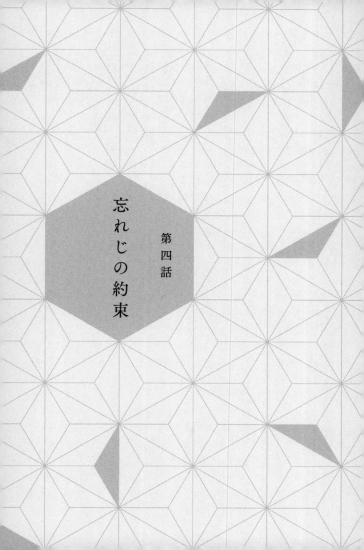

母を最後に見たのは十歳の誕生日を迎える直前だった。

自分の性格は父親譲りなのだろうか。そう思い顔も知らない相手を想像してしまうほど、弥琴と母の内面はまったく似ていなかった。

十年を一緒に過ごした彼女は、まるで子どもがいる人間とは思えない自由気ままな人だった。

親という生き物は我が子のためならば自身の身など顧みないという話を聞いたことがあるが、彼女はむしろ、自分のためならば子どものことを忘れられる。

暴力を振るわれたことはない。育児放棄は……少なくともふたりで暮らしている間はなかった。というより、この先ひとりで育てていてはいつか弥琴を放置してしまうことになるとわかっていたから、縁を切っていたはずの両親のもとへ戻ったのだろうと思っている。

弥琴に対して、情や親としての自覚がまったくなかったわけではないようだ。ただ、親というものに、あまりにも向いていない人だった。そして本人もそれをはっきりと自覚していた。

弥琴は、自分の母が他の子どもたちの母親と違うことには気づいていた。ひとり親だからだろうかと思ったこともあったが、同じく父親のいない子の母親も、やはり自分の母とはどこか違った。

他の母親は、子どもに関心を持ち、大切にし、子どもを守る存在であるようだ。弥琴の母はそうではなかったが、子どもに構うことのない自由人な母親というのが、弥琴にとっては当たり前だった。

十歳の誕生日まで一ヶ月を切ったある日、母は祖父母のもとに弥琴を残し、ひとり家を出て行った。

ボストンバッグひとつという少ない荷物を持った母が、もうここには戻って来ないことを弥琴は知っていた。母は、玄関まで付いて来た弥琴の頭を撫でると、

——ひとつだけ約束をしよう。

笑って、そう言ったのだった。

＊

訪ねて来たあやかしを幽世へ送り届けた燐と弥琴は、日が暮れかけているのに気づき、今日の仕事を終えることにした。

幽世へ渡りたいあやかしたちは、基本的に夜には帳場へ来ない。なぜならば、日が暮れてから黄泉路横丁へやって来ると、通りで繰り広げられる宴会に絶対に巻き込まれてしまうからだ。

あやかしは夜通し宴に興じ、朝もしくは昼になってようやく帳場に辿り着く。そのため、幽世の管理番の仕事は夜の間は休みなのであった。

「今夜はすき焼きだと言っていたな」

内廊下を渡り住居へ戻る。留守番をしていたタロとジロに出迎えられながら、そのまま燐と共に台所へと向かう。

「はい。美味しそうなお肉をゲットしましたから。野菜はもう切ってあるので、すぐにできますよ」

「すき焼きを食うのは久し振りだな。楽しみだ」

「なんかすき焼きって特別な日のごはんって感じですもんね」

「そうなのか？」

「ちょっと贅沢《ぜいたく》する日に食べるイメージです。誕生日とか、受験合格のお祝いとか」

燐が鍋と材料を居間へ運んでいる間に、弥琴は醬油《しょうゆ》と酒、みりんと砂糖を火にかけ割り下を作った。

でき上がったものを持って居間に行くと、燐がカセットコンロに置いた鍋で牛脂を溶かしているところだった。燐は長ねぎと肉を鍋に入れ、さっと焼いたところで割り下を流し、他の材料も投入した。

具材は焼き豆腐、しいたけ、えのき、しらたき、白菜、春菊。全体に火が通ったら完成だ。

各々の茶碗《ちゃわん》にごはんをよそい、お猪口《ちょこ》には清酒を注ぐ。

「いただきます」

タロとジロの夕食も用意し、揃って手を合わせてから箸を持った。やはり最初は牛肉から。溶いた卵にくぐらせ、割り下の染み込んだ肉をひと口で頬張る。

「んん、美味しい！」

柔らかい口当たりとほのかな甘みに、自然と目尻が下がった。他の具材にもしっかり味が染みていて、永遠に食べ続けられそうな気までしてしまう。

「酒が合うな」

燐がお猪口の中身を一気に飲み干した。弥琴は徳利《とつくり》から新しい酒を注いでやる。

「お酒が合っても飲みすぎちゃ駄目ですよ」

「わかっている。おまえもな」

「ふふ、気をつけます」

今夜も始まった横丁の喧騒《けんそう》がほのかに届いていた。あの賑わいの中に交ざるのも楽しいが、こうしてふたりでゆっくりと食事をする時間も悪くなかった。

「特別な日に食べるもの、と言ったが」

鍋の中身が順調になくなっていく中、ぽつりと燐が呟いた。

「今日のようななんでもない日を、特別にしてくれるような気もするな」

燐は何度もふうふうと息を吹きかけてから焼き豆腐を頬張る。その様子を眺めながら、弥琴は息を吐くように笑った。

「ですね」


ふたりで片づけを済ませたあと、燐に一番風呂を譲った。燐が入浴している間、弥琴は自室に戻り、以前使っていたスマートフォンの電源を入れた。

起動したのは半年ぶりだ。少し確認したいことがあっただけだから、充電は最低限しかしていない。夜の間放っておけば、また勝手に電源が切れてしまうだろう。

弥琴は電話帳を開いた。今使っている機械と違い、昔のスマートフォンには多くの人の連絡先が登録してある。

学生時代の友人。会社の同僚、先輩、後輩。上司。仕事で知り合った人。随分行っていなかった美容院。

そして。

「……」

　弥琴は目的の名前を見つけ、電話番号を表示させた。現在使用しているスマートフォンにその番号を打ち込んでいく。

　画面に浮かぶ十一桁の数字を見つめ、しばらく、手が止まってしまった。躊躇って、躊躇って、ようやく通話ボタンを押す。

「……」

　耳に当てたスマートフォンからは、何度も呼び出し音が流れた。十回以上鳴らし、もう切ろうかと思ったときに、

『もしもし』

　と、やや訝《いぶか》しむような女性の声が聞こえた。

「あ、もしもし。えっと、伊月《いつき》ちゃん？」

　電話口に訊ねると『はい、そうですけど……』と棘《とげ》のある言い方で返事が戻って来る。

『あの、どちら様ですか』

「弥琴です。日下部弥琴」

『えっ……え、弥琴ちゃん？』

　電話の相手――伊月は、驚いた声を上げた。弥琴は相手には見えないのにこくりと

頷く。

「久しぶり伊月ちゃん。突然ごめんね」

『なになに、いいよ、どうしたの？　ていうか弥琴ちゃん今どこで何してるの？　前に電話したんだけど、全然連絡付かなかったからさ』

電話に出たときとはまるで違う明るい声音で伊月は捲《まく》し立てる。

「あ、連絡くれてたんだ……ごめん、携帯変えて。あと前の会社も辞めたんだ。だから引っ越しもして」

『そうだったんだあ。いや、無事に生きてるならいいんだけど。え、住む場所はあるんだよね？　お金には困ってない？』

「うん。どっちも大丈夫。ありがとう」

本気で心配している様子の伊月に、弥琴は申し訳なく思った。もっと早くに、こちらから連絡しておけばよかった。

（まさか伊月ちゃんのほうから電話をくれてたとは思わなかったから）

伊月は弥琴の従姉《いとこ》だ。弥琴より三歳年上で、母の兄の子どもにあたる。近くに住んでいたから、子どもの頃はよく一緒に遊んでもらった。

弥琴は、気立てのいい伊月のことが好きだった。伊月だけではない。彼女の家族、みんなのことが好きだった。親戚である伊月たち家族は、いつでも弥琴をあたたかく迎え入れてくれた。

「……そっちはどう？」

『相変わらずだよ。わたしもだし、お父さんもお母さんも、みんな元気』

「そう、よかった」

『峻《しゅん》はいまだに全然家出て行こうとしないしね。涼太郎《りょうたろう》とはこの間ちょっと喧嘩しちゃったけど、まあ概《おおむ》ねラブラブよ』

「へへ、伊月ちゃんと涼太郎さん、仲いいもんね」

『おう』

伊月の結婚式に参列したのはいつだっただろうかと考える。確か就職する直前、弥琴が大学四年生のときだ。それ以降、伊月に会ったことはなかった。

(伊月ちゃんだけじゃない。おじさんにもおばさんにも……向こうの家には一切行っていないから)

親戚一家とは、ここ数年まともに連絡を取り合っていなかった。弥琴の仕事が忙しく、実家に帰る暇がなかったせいでもあるが、それだけが理由ではない。

弥琴は意図して彼らから距離を取っていた。彼らに心配と負担をかけたくなかったのだ。

大人になり、自分はもうひとりで生きていくことができる。今まで面倒をかけ続けてきてしまった分、これからは彼らに頼らずにいたかった。もしも弥琴が泣きつけば、必ず手を貸してくれる人たちだとわかっていたから。

『ところで弥琴ちゃん、今何から電話かけてる？』

「ん？」

伊月に問われ、弥琴は首を傾げる。

「自分のスマホからだよ。なんで？」

『いや、ならいいんだけど。なんか表示されてた番号がちょっと変わってたからさ』

「え」

『変なとこからの電話かと思っちゃって、出るの迷ったんだよね。今って携帯の番号こういうのもあるんだね。なんか桁も多かった気がしたけど』

「あ、いや、えっと、うん！　そうみたいだね！」

どばりと冷や汗が出た。あやかしの世界を知らない人に電話をかけたことがなかったからすっかり忘れていた。

弥琴が今使っているスマートフォンは少しばかり特殊な物であるのだ。もちろん、人の世界で使われている携帯電話の番号とも違う。

『まあ弥琴ちゃんだったから出てよかったけどさ。この番号で新しく登録しとくね』

「うん、よ、よろしく」

顔が見えなくてよかったと思う。今の弥琴の顔を見れば、どうしたって怪しいのがばれてしまうだろう。伊月がお人好《ひとよ》しで助かった。

「あのね、伊月ちゃん」

気を取り直し、弥琴は本題に入る。

「今度の日曜、そっちの家に行ってもいいかな？　話したいことがあって」

弥琴の緊張した声とは裏腹に、『うん、いいよ』と返ってくる声は軽やかだ。

『日曜なら休みだし、お父さんとお母さんも家にいるだろうから、おいでおいで』

「あと、できれば峻くんと涼太郎さんにも会えればって思ってるんだけど」

『オッケー。なんか予定あるとも聞いてないから、大丈夫だと思うよ。ちゃんと空けておくよう話しておくね』

「ありがとう。実は、あのね……みんなに会わせたいひとがいてね」

『あ、そうなの？　……え、まさか！』

何かを察したらしい伊月が叫ぶ。

「久しぶりにみんなに会えるの、楽しみにしてる」

『ええ！　いや待って待って。ねえ、なんかいいレストランとか予約しといたほうがいい？』

「ううん、変に構えなくていいって。気楽なほうがこっちも助かるし、ちょっとお邪魔するだけで、すぐに帰るから」

むしろ家に行くほうが気を遣わせてしまうかもしれないが、あまり長居できない理由があるから仕方ない。

『まあ弥琴ちゃんがそれでいいって言うならいいけど……じゃあ当日は、駅まで迎えに行くね』

「うん、よろしく。みんなに確認してから、また連絡くれる？　そっちの都合のいい時間に合わせて行くよ」

『わかった。なるべく早く返事するね』

話が済んだところで、そろそろ電話を切ろうとすると、

『あのね、弥琴ちゃん』

と伊月が少しだけ声の調子を変えて言った。

「うん、何？」

問い返した弥琴に、実はね、とどうしてか言いにくそうにしながらも、伊月は口を開く。

『わたしたちも、弥琴ちゃんに言わなきゃいけないことがあるんだ』

伊月との通話を切った弥琴は、真っ黒な画面のスマートフォンをしばらくの間見つ

めていた。

(言わなきゃいけないことってなんだろう)

会ったときに直接言うと言われ、電話で聞くことはできなかった。おそらくだが、その件を伝えるために、伊月は弥琴へ連絡を取ろうとしていたのだろう。

(まあいっか。今言わなかったってことは、急な用件じゃないはずだから)

弥琴は立ち上がり、今度こそ二度と使うことはないだろう古いスマートフォンを棚の中に仕舞った。

階段を上ってくる足音がする。振り返ると、開けっ放しにしていた戸から風呂上がりの燐が顔を覗かせた。

「風呂空いたぞ。湯が冷めるから、早く入るといい」

「あ、はい。ありがとうございます。すぐ入ります」

「……」

燐は濡れた髪をタオルで拭きながら、なぜかじっと弥琴を見ている。

「……なんでしょう。何かありました?」

「いや、弥琴こそ、何かあったか?」

訊き返された言葉に、弥琴は目を瞬かせた。緊張の名残で変な顔をしていたのだろうかと、自分の頬をむにりと捏《こ》ねる。

「やはり、何かあったのか」

燐の表情が険しくなっていく。

「あ、いや、そういうのじゃないので、大丈夫です」

「何かあったのは確かだろう。どうした。おれには言えないことか？」

「ええっと……」

本当は寝支度を整えてからゆっくり話そうと思っていたが、このままにしていたら燐がいらぬ心配をしてしまうことは目に見えていた。

案ずることなどない。確かに、伊月と連絡を取ることに複雑な思いはあったかもしれない。それでも自分で決めたことなのだ。嫌々下した選択ではなく、むしろ、前向きな一歩だと思っていた。

「……」

どうせ話すことには変わりないと腹を決め、弥琴は燐に向き直る。燐は頭にタオルをかけたまま、じっと弥琴と目を合わせている。

「あの、燐さん」

「ああ」

「わたしの親戚に会ってもらえませんか？」

思いがけない言葉だったのだろう、燐は、あまり見せない顔をした。

「弥琴の、親戚？」

「はい。わたしの伯父の一家です。もちろん、無理にとは言いませんけど」

「いや、無理なことなど何もないが……」

いいのか、と言いたいようだった。燐は、弥琴があえて家族の話をしないようにしていたことを知っていたからだ。

「……子どもの頃からわたしのことを気に掛けてくれていた人たちです。社会人になって、迷惑を掛けたくないって思いでわたしのほうから遠ざけていたんですけど。今も大事な人たちに変わりはないから、燐さんのことを紹介したいんです」

「そうか。もちろん、おれはおまえが望むなら」

「ありがとうございます。あ、でも、あやかしの話なんてしたらみんな腰抜かしちゃいますから、できれば人として、なんですけど」

「わかっている」

燐が小さく笑う。柔らかなその表情を見ながら、弥琴は、自分の決断が間違っていなかったことを確信した。

(伊月ちゃんたちに、燐さんがわたしのそばにいてくれていることを教えたい。それから燐さんにも、わたしのことを知ってほしい)

弥琴は、燐の左手を両の手で握った。いつもは弥琴のほうが燐よりも少し体温が高いのだが、今は湯上がりで火照った燐の体のほうがほんのわずかに熱かった。

薬指には、揃いの銀の指輪が嵌《は》められている。祝言の日に、夫婦の証として燐が贈ってくれたものだ。

「燐さん、わたしね、母親がいるんです」

視線を落とし、ぽつりと零すように話し始める。

燐に知ってもらう必要などないと思っていたことだ。もう二度と、振り返るつもりもない過去だったから。

「でも、今はどこで何をしているかもわかりません。もう十五年以上も会っていませんから。母は、わたしが十歳になる直前に家を出て行ったんです。それきり、連絡も取っていませんし、そもそも連絡先を知りません」

燐は何も言わずに弥琴の話を聞いている。相槌を打つ代わりに、あたたかい指先が弥琴の手を握り返す。

「その前から祖父母と一緒に暮らしていたので、母がいなくなったあと、わたしは祖父母の養子になりました。高校を卒業して実家を出るまで、わたしを育ててくれたのは母ではなく、祖父母です」

母といっても、書類上ではもう母親ですらない相手だ。それでも自分の母親は、と問われたら、今もあの人の顔が思い浮かぶ。

浮かぶだけで、情は欠片《かけら》もなかった。母が出て行ってから、寂しさを感じたこともなければ、会いたいと思ったこともない。決して強がりではなく、自然な感情だった。弥琴を育ててくれた祖父母や、親戚一家に抱いていたものを、弥琴はただの一度だって母に感じたことがない。

まだ一緒に暮らしていたときから、きっといつかこの人は自分を捨てて行くのだろうと、どこかで気づいていたから。

隣にいても、同じ食事を摂っても、会話をしていても、常に母と弥琴の間には大きな隔たりがあった。一緒にいるのに、一緒にはいなかった。最初から母と弥琴の距離は、遠く離れ離れていたのだ。

だから。母が自身のためだけに自由な道を選び、弥琴を置いていくことは、弥琴にとって当たり前のことだったのだ。

「母がわたしを妊娠したとき、わたしの父にあたる人は他の女性と結婚していたそうです。奥さんと別れて母と結婚すると言って、母もそのつもりだったようですが、祖父母は不倫の末の結婚に猛反対。その結果、母は父と駆け落ちをし、わたしを産みました」

だが結局、父は元々結婚していた相手と離婚することはなかった。それに呆れた母は、駆け落ちまでした相手をあっという間に捨てた。

「わたしが三歳になるまでは母とふたりで暮らしていましたが、元来親というものに向いていない人ですから、ひとりで育てるのは無理だと思ったんでしょう、自分の両親……わたしの祖父母の家に出戻ったんです。祖父母は母と縁を切る覚悟もしていたくらいだったので、ぬけぬけと戻って来たことにものすごく怒ったって」

それでも、弥琴がいたから受け入れた。その日から弥琴は祖父母の家で、母との暮らしを始めた。

祖父母も、そして近所に住んでいた母の兄の一家も、弥琴を可愛がり優しく愛情を注いでくれた。母は、自分がいなくても弥琴の世話をする人たちができたからか、一層弥琴に構うことが少なくなった。

「小説家をしていたらしいです。ペンネームとかは知りませんから、どんな本を書いていたのか、今も続けているのかはわかりません。少なくとも当時はきちんと稼いでいて、家にお金を入れていたそうですが」

母は一日中部屋に籠って仕事をすることもあれば、何もしないでひたすら縁側で昼寝をしていることもあったり、気まぐれに弥琴と遊ぼうとすることもあれば、こちらが声をかけてもほとんど反応してくれないこともあった。

ふらりと出かけては何日も家に戻らなかったこともある。そのたびに祖父母は怒ったが、母は一度だって反省した様子を見せなかった。

「あるとき、祖父母と母が今までにない大喧嘩をしたんです。いや、喧嘩とは違うかな。祖父母が母をすごい剣幕で叱って、母はいつもどおり飄々《ひょうひょう》とした顔で聞いていました。祖父母にはそれがもう我慢ならなかったのでしょう、弥琴はわたしたちで育てるからおまえは出て行きなさい、母親失格だと、母に言ったんです」

そのとき弥琴は、隠れながらもそばで大人たちのやりとりを聞いていた。実の両親に突き放され、実の子どもを奪われようとしていた母は、ほんのわずかもショックを受けた様子はなかった。

弥琴が、母が離れていくのを当たり前に思っていたように、母もまたそうなることをごく自然に受け入れていたようだった。

「母はそのあと何日もしないうちに、本当に家を出て行きました。祖父母はもちろん、伯父たちにも行き先や連絡先を告げないままいなくなったので、祖父母が亡くなったことを知らせることもできませんでした」

祖父が死んだのは弥琴が高校一年のとき、祖母は大学二年のときに亡くなった。ふたりの葬式にも、母が姿を見せることはなかった。

「祖父母と暮らした実家に今は誰も住んでいません。わたしも戻るつもりがありませんから、管理は伯父に任せてあります。だから、わたしには実家というのがないようなもので。結婚を報告しなきゃいけない家族もいなかったんです」

だから弥琴はこれまで、燐に実家の話をしてこなかったのだった。

「そうか」

話し終えた弥琴に、燐は短く答えた。弥琴は顔を上げる。

「すみません。もっと早くに話しておけばよかったですね。内緒にしていたわけではないんですけど」

「いや、話してくれてありがとう。弥琴のことを少しでも知れてよかった」

燐は空いていた右手も、繋がれたふたりの手に添えた。

今までずっと……子どもの頃からずっと、繋いだ手がいつか離れていくことばかりを考えて人と接してきたように思う。母に置いていかれ、最愛の祖父母と死に別れてから、より一層人との繋がりを冷めた目で見るようになってしまった。

世話になった親戚たちからは迷惑をかける前にと距離を取り、友人たちが離れていくことを、仕方がないからと眺めていた。

離れたくないと思えるひとに出会ったのは初めてだ。どうしたらいいのかわからなくて、間違った選択をすることもあるけれど、それでも燐は手を離さずにいてくれると、信じられる相手だった。

「……わたしも、燐さんに知ってもらえてよかったです」

指先で、燐の指を握り直した。

ぎゅっと力を込めると、燐も同じようにしてくれる。

「それに、やっぱり伯父さんたちにも今のわたしのことを伝えるべきだったんだろうし」

「そうだな。弥琴は意図して離れていたと言うが、話を聞く限り、伯父たちはおまえを大切に思っているようだ。今の弥琴の姿を見せて、きちんと安心させてやらねば」

「はい……そうですね」

「おれもおまえの身内に嫌われないよう、夫としての役目をしっかり果たさないとな」

笑う燐に、弥琴もつられて不器用な笑みを見せた。

「気負わなくても、燐さんはそのままで十分ですよ」

むしろ弥琴が摑まえられるレベルの相手ではないから、騙されていると思われやしないか、という心配をしたくなるくらいなのだ。あまり意気込まれると困ってしまう。

「楽しみだな」

はい、と頷いた。その日はきっと、特別な一日になるような気がしていた。

＊

約束の日曜。弥琴は、朝から目が潰れそうになっていた。

「なんですかそれぇ！」

あまりの眩しさに直視できず、両手で顔を覆った。そうしながらも、指の隙間を開けちらりと覗くと、髪と瞳を黒くし猫耳と尻尾を仕舞った燐が、首を傾げてこちらを見ていた。

「人として挨拶に行くのなら、いつもの恰好《かっこう》よりもこのほうがいいと思ったんだが、駄目だったか」

「い、いや、全然駄目じゃないんですけど」

弥琴は燐の和服姿しか見たことがない。だが今目の前にいる燐は、スリーピースのスーツを見事に着こなしていた。髪を丸い耳にかけ、ネクタイを締め、ベストでウエストのラインを美しく見せつつ、パンツで長い脚も強調している。

普段とはまったく雰囲気の違う燐の破壊力に、弥琴は耐え切れずに膝を突く。

「くぅっ……！」

「それはどう見ても駄目な反応だろう」

「違うんです、よすぎてっ……写真撮らせてください」

「いいぞ」

弥琴は限界まで目を細めながらスマートフォンを構え、カメラアプリで連写した。

画面越しに見つめていると少しずつ慣れてきたが、やはりいつもと違う燐の姿に妙にどきどきしてしまう。

（燐さんは和装が一番似合うと思ってたけど、スーツもなかなか……）

意を決して生身のほうに直接目を向ける。人に変化しているのもあって、まるで燐ではないみたいだった。けれど、弥琴を見て微笑む表情は、いつもどおりの燐だ。

「ふむ、やはり元のほうがいいか」

燐がそう言うと、スーツがゆらりと輪郭を崩し、瞬く間に普段の恰好へと戻った。深緑の着物にお気に入りの羽織。弥琴の見慣れた装いだ。

「とはいえ普段着では失礼か。少しいいものがある。取ってこよう」

「あ、いや、やっぱりさっきのスーツ姿でお願いします。わたしも洋服で行くつもりですし、とても素敵だったので」

「そうか？」

そのとおり。嘘は言っていない。追加で、町に出た場合どちらかと言えばスーツのほうがまだ目立たないかもしれない、という理由もある。和装は弥琴が見慣れているだけであって、耐性のない人に対してはやはり凶器であるのだ。

「ならこちらで行こう」

着物がまたスーツへと変化した。燐は姿見を見ながらスーツの襟元を整えている。

（なんか張り切ってるなあ、燐さん）

弥琴も着替えのためそそくさと自室へ戻る。

部屋へ入り、後ろ手でそっと障子を閉めた。そして、弥琴は大慌てで簞笥《たんす》の中身をひっくり返した。

「ふ、服……いい服！」

親戚の家に行くだけだから適当な服を着るつもりだったが、燐の様子を見てそうもいかなくなってしまった。

（ただでさえ月とスッポンなのに、あんなちゃんとした恰好されたら普段着で隣歩けないよ）

夏物冬物問わず持っている服を全部出して見比べる。しかし、

「やばい……まともな服がないぞ」

元々あまり洋服を持っていなかったうえに、黄泉路横丁に住み始めてからは普段着が和服ばかりになっていたから、新しい洋服も長いこと買っていない。

さてどうしようか、と一周回って冷静になりかけたとき、カーディガンの下敷きになっていたベージュの生地を見つけた。

「あ、これって」

拾い上げると、やはり、一度しか着たことのないワンピースだった。なかなか着る

機会のない余所《よそ》行き用の服だが、デザインを気に入っていたし、何より思い入れがあるから、いつかのためにと取っておいたものだ。

「……」

弥琴はワンピースに着替え、化粧を直してから一階に下りた。

燐はすでに姿見を見るのをやめ、退屈そうに縁側で庭を眺めていた。弥琴に気づき振り返った燐が「お」と声を上げる。

「それ、おれと弥琴が初めて会ったときに着ていたものだな」

「へへ、ばれました？　いい服がこれしかなくて」

「いいんじゃないか。似合っている」

さて、と燐が立ち上がる。待ち合わせの時間まではあと三十分ほどだ。横丁の大門を使っていくから移動時間はさほどかからないが、迎えに来る伊月より先に着いておきたいため、この時間を出発の予定としていた。

「行こうか」

「はい」

手土産の饅頭《まんじゅう》を持ち、タロとジロに留守番を頼んで屋敷を出る。静かな横丁を、いつもの軽やかな下駄の音を響かせずに歩き、燐と並んで大門をくぐった。

弥琴の実家は愛知県瀬戸市にある。最寄り駅は名鉄《めいてつ》の尾張瀬戸《おわりせと》駅。最寄りと言っても、そこまでしか電車が来ていないからであって、実際には最寄りと言えないほどの距離があった。

「ここは……」

大門から出た弥琴たちが着いた場所は、なんの変哲もない住宅街の、細い三叉路《さんさろ》の真ん中だった。

目的地である駅から一番近い出入り口……つまり弥琴の地元に出たはずだが、あまりにも平凡な街並みのため、ここが一体どこであるのかわからない。

「今まで山の中とかが多かったですけど、こういうところにも通じてるんですね」

「弥琴が初めて横丁へ来たときも、街中から通って来ただろう」

「言われてみれば」

弥琴が使った黄泉路横丁への出入り口は、寂れた商店街の古書店と酒屋の隙間だった。あやかしは現世のあらゆるところにいる。だから黄泉路横丁への出入り口も、あらゆる場所にあるようだ。

「ああ、この辺か」

スマートフォンの地図アプリで現在地を調べると、間違いなく目的地の徒歩圏内にいた。

「結構近いところに出られましたね。この道を下って行くとすぐですよ。十五分もあれば着くかな」

　地図を頼りに歩いていく。そのうち弥琴にも見覚えがある場所に出てきたから、スマートフォンを鞄に入れ、あとは記憶を頼りに進んだ。

　やがて、伊月との待ち合わせ場所となっている駅に辿り着いた。この土地に住んでいた頃には頻繁に利用していた駅だ。

「ここですよ燐さん。伊月ちゃんは……まだ来ていないみたいですね」

　時計を見ると、待ち合わせた時間まではあと十五分ほどだった。どこか店に入ろうかとも思ったが、結局駅の前で伊月を待つことにした。

　日曜の駅前とあって人通りは少なくない。駅に入って行く人や出て行く人、道行く人も絶え間なくいて、その誰もが燐の存在に気づいては目を丸くして見入っていた。写真を撮ろうとする人も何人かいたから、弥琴は必死に阻止した。まるで芸能人のマネージャーになった気分であった。

（やっぱり目立つなあ。マスクでもしてもらえばよかったかな。でも耳と尻尾を仕舞ってるだけで大変だろうし、これ以上窮屈にさせるのも可哀そうだよね）

　あと、マスクをさせたら余計に芸能人感が出そうな気もする。やはり着けなくて正解かもしれない。

「……燐さん？」

人々は燐に見惚れ、弥琴は人々から燐を守っていたが、燐はと言えば、それらがまるで他人事であるかのように、先ほどからぼうっと周囲を見回している。

「どうしました？　別に物珍しいものはないでしょう」

「いや、まあ、珍しいものは確かにないが、ここが弥琴の過ごしていた場所なのかと思ってな」

「はあ、そうですね。この辺りはよく来ていましたよ。高校生のときには、この駅から電車に乗って、名古屋のほうまで遊びに行ったり」

「弥琴の家はどっちだ？」

「もっと向こうのほうです。歩いて行くにはちょっと遠いかな。わたしは自転車を使っていました」

「そうか」

至極どうでもいい情報であるはずだが、燐はなぜか嬉しそうに笑う。

周囲の人々は今も燐を見ている。けれど燐の目には最初からひとりの姿しか映っていないことに、弥琴は気づいてしまった。

「……」

手を繋ぐのはさすがに恥ずかしいから、一歩だけ距離を詰めた。互いの右腕と左腕が触れ合う。

「どうした弥琴」

「なんでもないです」

まわりの人からは邪魔なこけしだと思われているかもしれない。それでも弥琴は燐の妻であり、燐は、弥琴のものなのだ。

「もうすぐですね」

間もなく待ち合わせ時間の五分前になろうとしている。

「緊張してきたな」

「燐さんも緊張することってあるんですか？」

「そりゃあるさ。祝言のときも緊張していた」

「えっ、あれのどこが！」

終始冷静で普段と変わらない様子だったが、と祝言を思い出していると、すぐそばからクラクションの音が聞こえた。

振り向くと、路肩に水色の軽自動車が停まっていた。助手席の窓が開き、運転席にいる人が顔を覗かせる。

「弥琴ちゃん」

「あ、伊月ちゃん！」

ひらひらと手を振る伊月のもとへ駆け寄った。少しだけ焼けた肌とポニーテールにした長い髪。伊月に会うのは五年振りになるが、以前と少しも変わらず、羨ましいほど潑溂《はつらつ》としていた。

「久し振り。迎えありがとうね」

「ううん。ところで、結構待ってたりした？　ごめんね、弥琴ちゃんたちに食べてもらおうと思ってケーキ買いに行ってたら、ちょっと遅れちゃって」

「全然、まだ時間にもなってないし。それより気を遣わないでいいって言ったのに」

「家でケーキをごちそうするくらいのことはさせてよ。ほら乗って、みんな超楽しみに待ってるんだから」

「うん。わたしもみんなに会えるの楽しみだよ」

弥琴は燐を呼び、後ろのドアを開ける。

「燐さんは後ろに乗ってください。伊月ちゃん、わたし助手席でいい？」

「うん、どうぞどうぞ。後ろ、邪魔な荷物はどかしちゃっていいですからね」

ええ、と言って乗り込んだ燐を、伊月は綺麗に三度見した。

「は？」

三度目には遠慮なく上から下まで視線を往復させ、それから油の切れた機械のようにぎりぎりと弥琴に顔を向ける。

「……わたし、てっきり弥琴ちゃんは彼氏か旦那かを連れて来るもんだと思っていたんだが」

「あ……うん」

「え、何？　何を連れて来た？　え、この美人は何？　わたしの幻覚じゃないよね」

「うん。実在してるし……あの、このひとがわたしの、夫でして」

「え？」

弥琴がちらと目を遣ると、燐はどういう意図でか知らないが頷いた。お手本のような笑みを見せ、燐は伊月に右手を差し出す。

「初めまして。弥琴さんの夫の燐と申します」

「は、はわわ……」

「お話は聞いています。伊月さん、お会いできて嬉しいです。今日はよろしくお願いいたします」

「ほえぇ」

人語を忘れた伊月と握手を交わす燐を、弥琴は新鮮な気持ちで眺めていた。

燐が敬語を使っているところを初めて見たのだ。本来現世には、燐が敬語で接しなければいけない相手などいないはずなのだが。

（かなり猫被《かぶ》ってる……）

弥琴のためにそうしてくれているのだろうことはわかっていた。燐は伊月たちの前で、恥ずかしくない夫であろうとしているのだ。

（そのままで十分って言ったのに。帰ったらいっぱい労《いたわ》ってあげよう）

どうにか正気を取り戻した伊月が車を発進させる。三人を乗せた軽自動車は、弥琴の実家の近くにある、伊月の実家へと向かう。

「伊月ちゃんって、おじさんちの近くに住んでるんだよね」

「うん、もう目と鼻の先。歩いて一分のアパート。だからほぼ毎日実家に帰ってるよ」

「一緒に住んじゃえばいいのに」

「うぅん、涼太郎も同居していいって言ってくれてるから、峻が出て行ったら実家に戻ろうと思ってるんだけど」

涼太郎は伊月の夫で、峻は伊月の弟だ。涼太郎には数度しか会ったことがないが、おっとりしていて優しそうな印象を抱いたのを覚えている。峻は伊月とよく似ていて、似ているからこそ喧嘩の絶えない、仲のいい姉弟だった。

「峻くんって、確かもう就職してるよね」

「とっくにしてるよ。名古屋で働いてるからそっちでひとり暮らししろっつってんだけど、全然出て行こうとしないの」

「家にお金は入れてるの？」

「当然。入れてなかったらとっくに追い出してるって」

「だったらいいんじゃない？　実家にいるのは居心地がいいからでしょ。実家にいたくないって思うよりはずっといいって」

「ねえ弥琴ちゃん、それ絶対峻には言わないでよね。あいつ益々《ますます》出て行かなくなっちゃうから！」

「ふふ、わかったよ」

「ちなみに、燐さんはご実家はどちらなんですか？」

急に話を燐に振られ、弥琴のほうがどきりとしてしまった。

「東京で、今住んでいるのが実家です」

弥琴の焦りとは裏腹に、至極さらりと燐は答える。

「じゃあ、ご両親と同居ってこと？」

「いえ、ぼくの両親はもういないので、家では弥琴とふたりです。それと飼い犬が二匹」

「へえ、ワンちゃん飼ってるんだ、いいなあ。何犬ですか？」

「雑種ですよ。タロとジロという名前で」

「お、意外とシンプルな名前」

「二匹とも人懐こくて賢い子たちなんです。なあ弥琴」

「はい。それに毛がふわふわで可愛くて」

弥琴はにこにこしながら頷いた。心の中では、盛大に燐を褒めていた。

（燐さん、すごく普通の人の受け答えしてる……）

外見では多大なインパクトを与えてしまったが、中身にはなんの疑いも持たれていないようだ。あやかしらしく、普段はどことなくずれたところのある燐も、今はまるでただの好青年である。

「いやしかし、弥琴ちゃんがこんな優良物件摑まえてたって知ったら、うちの親腰抜かすよ」

弥琴も同意見だった。猫を被っていてもいなくても、燐は弥琴にはもったいないくらいのひとだ。

燐と出会う前は、いい相手を見つけるどころか、結婚自体が縁遠い存在であった。この土地に住んでいた頃、弥琴は今のこんな未来を、ほんの少しだって想像していなかった。

（人生何が起こるかわからないものだなあ）

車窓から見える景色は、小さい頃から慣れ親しんだものに近づいていく。祖母とよく行った店や、何度か通ったことのある歯医者や、友達の家。

そしていつか、あの人と歩いた道。

「はい、到着」

時折緩やかな坂道をのぼりながら車を十分ほど走らせ、伊月は一軒の民家の駐車場に車を停めた。

市街地の喧騒から離れたのどかな住宅街に建つ、弥琴の年齢と変わらない築年数のごく一般的な建物だ。外壁を工事したのか、弥琴の記憶にあるものとは壁の色が変わっている。

「涼太郎ももうこっちに来てるはずだから、みんな揃ってると思うよ」

車から降りた伊月が「みんなに伝えて来るね」と先に家に入って行く。

「……燐さん？」

玄関へ向かおうとしていた弥琴は、ふと足を止め振り返った。何も珍しいものなどないのに、燐は道の脇に立ちながら、物珍しげに伊月の実家を眺めていた。

「ここが弥琴の伯父の家か」

「わたしの実家から歩いて五分くらいなので、子どもの頃はしょっちゅう遊びに来ていました。最後に来たのは祖母のお葬式のときなので、もう随分前ですね」

「そうか」

入りましょう、と燐の手を引き、家のドアを開けた。玄関は綺麗に整頓されていて、余計な靴は一足も出ていなかった。

「お邪魔します」

靴を脱ぎながら声をかけると、リビングのほうから「はあい、いらっしゃい」と伯母の声が聞こえた。

燐が慣れない革靴を脱ぎ終わるのを待ってから、一緒にリビングへと向かう。

「みんな、久し振り」

リビングには伯父の一家全員が集まっていた。テーブルを囲むように、伯父と伯母、伊月と、夫の涼太郎に、弟の峻が座っている。

「あらあ、弥琴ちゃん久し振り、よく来たね」

「えへへ、みんなもちょっと見ない間に綺麗になって」

「みんなも元気そうでよかったよ。連絡もずっと取らずにいてごめんね。今日は時間を作ってくれてありがとう」

「何を他人行儀なこと言ってんの。ほら座って座って」

本当は、ここに来るまで少しだけ不安もあった。昔と同じように受け入れてもらえるだろうかと心配していたのだ。

(みんなまったく変わってなくてよかった)

快く迎え入れてくれる伯父たちの笑顔に、弥琴はほっと胸を撫で下ろす。

「そうそう、みんなに紹介したい人がいるんだ」

リビングの外へ呼びかけると、燐が一礼して入ってきた。

その途端、似たもの家族と言うのだろうか、先ほどの伊月と同様に伯父一家が揃って燐を三度見した。

「美形！」

一瞬の沈黙ののち、伯母が遠慮なしに真顔で叫ぶ。

「待って、なんか急にどえらい美人が来たわ……ちょっと拝んでいい？」

「み、弥琴ちゃん、こちら様、どちら様？」

「ちょ、母さん写真撮ってもらいなよ！」

「その前に化粧直してくる。シャワーも浴びて来ようかしら」

「だから言ったでしょ、やばいの連れて来たって」

「度を超えてるよぉ」

「で、本当に何者？」

と涼太郎が言ったところで、みんなの目が一斉に燐へと戻った。

燐は、真冬も一瞬で春に変えてしまいそうな爽やかな笑みを浮かべる。

「ご挨拶が遅くなり、大変申し訳ございません。先日弥琴さんと結婚させていただきました、燐と申します」

そして実に優雅な仕草で会釈した。

「……結婚？」

「はい」

「あ、あのね、わたし半年前に、こちらの燐さんと結婚しまして……」

伯父たちの反応は想像どおりであった。

何度も聞き返し、近所迷惑なほど叫び、そしてまた何度も聞き返したあとでやっと理解してくれたようだ。

「え、弥琴ちゃん結婚したの？」

すでに何回もそう言っているのだが、と思いつつ、弥琴は笑顔で「うん」と頷く。

「報告が遅れてごめんね。今まで、誰にも言ってなかったんだ」

「いやまあ、おめでたいことだし、全然いいけど……うん、おめでとう……」

伯父の目が燐へ向く。よくぞおまえがこの美形と結婚できたな、と思いきり顔に書いてあった。それを口にしない優しさをありがたいと思うことにした。

「こちら、みなさんでどうぞ」

ようやくソファに腰かけたところで燐が手土産を差し出した。

「あ、どうもどうも、ご丁寧に」

「近所で評判の店のものです。とても美味しいんですよ。仕事で客を招くときに使っているものなんです」

「へえ。お仕事って何をされてるんです？」

伯父の問いに、燐は迷うことなく答える。

「家業の呉服屋を細々と。弥琴さんにもぼくの仕事を手伝っていただいています」

これは事前に燐と決めていた設定だ。資産家の息子や会社経営者なども考えたが、つつかれたらぼろが出そうだったため、あまり盛らないことにしたのだ。

もちろん呉服屋の旦那も深掘りされると困ってしまうが、見た目の説得力ならば十分だろうと考えていた。

「確かに、燐さんって着物似合いそうだもんねえ」

「だから佇まいに品があるのね」

「母さん、完全に目が推《お》しを見る目になってるよ」

「そりゃそうでしょうよ。今すぐペンライト振りたい気分だもの」

思惑どおりの反応である。いつもの服装だと却《かえ》ってわざとらしく見えた可能性もあるから、スーツで丁度よかったかもしれない。

「そうだ、わたしもケーキ買って来たんだった」

伊月がぽんと手を叩く。

「ちゃんと全員分買って来てあげたんだからね。忘れないうちに食べよ」

「んじゃおれ飲み物用意してくるわ。みんなコーヒーでいい？」

峻が立ち上がると、燐も腰を上げた。

「ん、燐さんどうしたの？」

「手伝いますよ。人数が多いからひとりでは大変でしょう」

「いやいやいいよ！　お客さんなんだからお構いなく」

頬を赤らめながら手を振る峻の背に、燐はそっと手を寄せ、エスコートでもするように連れ立ってキッチンへ向かった。「ほわわぁ」と人語を忘れた峻の呟きが聞こえていた。

（燐さんたら、峻くんを惚れさせてどうする……）

紳士な燐の姿を見ながら、弥琴はため息を吐く。

すると、燐がいなくなったのを見計らったように、伯父がそそくさと弥琴の隣へやってきた。

「ねえ弥琴ちゃん、あんな美形とどこで知り合ったの？」

と、キッチンのほうを横目で見ながら、小声で訊いてくる。

「結婚相談所の紹介だよ。あんまり期待しないで、勢いで登録したんだけど」

「あのさ、言いにくいんだけど……なんか、騙されてたりとかしないよね？　お金渡してたりしない？　保証人になってない？」

「ちょっとお父さん！　何言ってんの！」

「いや、念のためだよ。ほら、燐くん、とても素敵な人だから、なんか、ねえ」

「……おじさん、わたしと燐さんは不釣り合いって言いたいんでしょ」

「いやいやいや！　そんなまさか！　だって弥琴ちゃんはどこに出しても恥ずかしくない自慢の姪《めい》だし！」

「大丈夫だよ。むしろわたしのほうが迷惑をかけてるというか、燐さんにお世話になりっぱなしで」

　弥琴は息を吐き出しながら笑った。伯父の言わんとすることは理解できるが、実際は真逆であるのだ。

　仕事なし、家なし、生きる希望も自尊心もなし。何もかも失ってどん底にいた弥琴に、何もかもを与えてくれたのが燐だった。奪われるどころか、燐はいつだって弥琴を満たし続けてくれるのだ。

「だから心配しないで。まあ疑いたくなる気持ちはわかるけど。というか、たぶんそう思われるだろうなって思ってた」

「いや、ごめんね。ちょっと驚いちゃってさ。弥琴ちゃんが結婚してたってだけでもびっくりなのにさあ」

「そうだよね。わたし自身も驚いてるくらいだもん。結婚したことにも、燐さんが相手ってことにも。でも、燐さんはよくしてくれるし、今の生活もすごく楽しいよ」

「そっか……ならよかった」

伯父は眉を八の字にして、目尻に皺を寄せた。

「改めて、結婚おめでとう、弥琴ちゃん」

「うん、ありがと」

「それから、今後はこまめに連絡をしておいで。おじさんたちに気を遣わなくていいから。むしろ、もっと弥琴ちゃんのことを心配させてよね」

弥琴ははっとした。弥琴が連絡を絶っていた理由に、伯父は気づいていたのだ。気づきながら、干渉せず、遠くから見守り続けていてくれたのだろうか。

「……うん。ごめんね。ありがとう」

頭を撫でてくれる手に、思わず涙が出そうになった。

大人になり、心に余裕ができた今になって、弥琴はそばにあったぬくもりにようやく気づいたのだった。


「せっかくだし泊まっていったら？」

ケーキを食べながら談笑していた最中、伊月がそう言った。伯父の一家はみんな賛成したが、弥琴はその提案を断った。

「仕事もあるし、もう帰らなきゃいけないんだ。ごめんね」

「そっかあ、残念」

「自分でお店やってるといろいろ大変だったりするのね」

「近いうちにまた来るよ」

　長居できない本当の理由は、燐の人間姿があまり長い時間持たないからである。猫耳と尻尾がないとどうにも落ち着かないそうで、燐は完全な人の姿に化けるのがあまり好きではないのだ。

（別に変化が解けるわけじゃないから大丈夫とは言ってたけど、万が一にも耳と尻尾が出ちゃった姿を見られるとまずいから）

　ただ、心のどこかでは、いつかは伊月たちに本当の燐を知ってもらいたいという思いもあった。人に化けた姿ではなく、猫を被った好青年の姿でもなく、あやかしとしての燐を知ってほしい。

　驚きのあとで、きっと好きになってもらえるはずだから。

　今はまだ、本当のことは言えないけれど。覚悟ができたとき、いつかは。

「じゃあ、燐さん、そろそろお暇《いとま》しましょうか」

　時間を確認すると、家に着いてから一時間ほど経っていた。もう少し喋りたい気持ちはあるが、だらだら長引かせると余計に帰り難《にく》くなってしまう。

「あっ、弥琴ちゃん」

立ち上がろうとした弥琴を、伯父が慌てた様子で呼び止めた。

「ちょっと帰るの待ってもらってもいい？」

「ん？　どうしたの」

「実は、おじさんからも弥琴ちゃんに話があって」

そう言えば、と電話で伊月にも似たようなことを言われていたのを思い出した。弥琴はソファに座り直し「何？」と訊ねる。

「えっとね……」

伯父は顔をしかめ、一旦口を閉じた。見ると、他の家族も事ありげな顔つきをしている。

なんだろうと思っていると、伯父が重々しく口を開いた。

「あのさ、ばあちゃんたちの家のことなんだけど」

そう言われ、ぴんと来た。

「うん、売っても大丈夫だよ。持ってるだけでお金かかっちゃうもんね」

祖母が亡くなったとき、祖父母の家――弥琴の実家に関するあらゆる権利を祖母から伯父へと移した。もちろん手放す権利も。すべて弥琴も納得の上だった。

「おじさんたちに負担をかけたくないし、その辺の判断も全部任せるから。わたしのことは気にしないで」

「あ、いや、そういう話じゃないんだよ」

「違うの？」

てっきり実家の処分についての話題だと思っていたのだが。

きょとんとする弥琴に、伯父はため息まじりに呟いた。

「……実はね」


伯父の家から弥琴の実家までは、歩いて五分もかからない。これまで数えきれないほど歩いて来た道を、数年振りに辿っていく。

弥琴は、自分が今何を考えているのかよくわからなかった。いろんなことを考え過ぎて、何も考えられなくなっていた。

喜びなど毛頭ない。怒りなら、少しはあるかもしれない。ほんのわずかの恐れもある。躊躇いもある。疑問もいくらでもあった。そのどれもが交ざり合って、うまく形にならない。

「弥琴」

燐に呼ばれて顔を上げ、自分が下ばかり見ていたことに気づいた。

「なんでしょう」

「顔色がよくない。大丈夫か」

「はい。燐さんこそ、ずっと人の姿でいますけど平気ですか？」

「おれは問題ない」

猫被りをやめた燐が、いつもと違う黒い瞳でじっと弥琴を見つめる。

「このまま帰る選択肢もあるぞ」

燐に言われ、弥琴は少し考えた。確かに、このまま帰ったところで弥琴の日々にはなんの影響もない。伯父たちも無理に行く必要はないと言っていた。

「……いえ、行きます」

この選択に意味があるとは思えなかった。ただどうしても、このまま帰ることはできなかった。

「すみません燐さん、付き合わせちゃって」

「構わない。おまえのことは、おれにも関わることだ」

燐が弥琴の手を握る。弥琴はひとつ頷いてから、真っ直ぐに前を向き、実家までの道を歩いた。

そして、坂の上にある一軒の家に辿り着く。築年数の古い木造の平屋だ。

表札には『日下部』と書かれている。郵便ポストはテープで塞がれたままだ。伯父たちが丁寧に管理してくれていたのか、庭木はほどよく手入れされている。

祖母が亡くなってから誰も住んでいなかったはずだが、道から見える窓は、雨戸どころかカーテンまで開け放たれていた。

「ここが、わたしの実家です」

玄関の前に立ち、そう言った。燐に言ったつもりだったが、自分に言い聞かせているようでもあった。

戸に手をかけるとからりと開いた。鍵はかかっていなかった。

弥琴は一度深呼吸をし、玄関に足を踏み入れる。

玄関からは、廊下が真っ直ぐに続いている。生活感はなく薄暗い。けれど、本当なら誰もいないはずの家の奥から、外国の音楽が聞こえていた。

かすかな音だが、どこから響いているのかはわかっている。

あの人が使っていた部屋からに違いなかった。

「……」

弥琴は靴を脱いで家に上がり、廊下を進んだ。後ろから燐が付いて来る。聞こえる音楽は、少しずつ大きくなっていく。

まるで、十七年前に戻ったかのようだった。

元々は物置だったらしい三畳のスペースに、小さな机と椅子を置き、りんご箱に入れた本を積み上げて、隅に置いたミニコンポから音楽を流していた。

正面には窓があり、そちらに向かって置いたパソコンでいつも作業をしていた。だから部屋の外からは、その人の後ろ姿しか見えなかった。

——あのね弥琴ちゃん。実は、五ヶ月くらい前かな。突然、帰って来たんだ。

伯父は、言いにくそうにそう言った。誰が、とは言わなかったが、誰が、なんて、言われなくてもわかっていた。

「……」

弥琴は廊下に立ち尽くした。

誰もいないはずの家に、いるはずのない人がいたからだった。

弥琴がまだ幼かった昔のように、その人はこちらに背を向けて座り、狭い部屋で本に囲まれ、音楽を聴きながら、キーボードを叩いていた。

「誰」

と、声がかかる。

こちらを見ず、手も止めないままその人は弥琴に問いかけていた。弥琴が答えずにいると、しばらく経ってキーボードの音が止み、椅子がゆるりと回った。

当時は三十代だったはずだが、今は五十になったところだろうか。見た目は、少しだけ歳を取ってはいたが、あの頃と……弥琴の記憶の中の姿と、ほとんど変わってはいなかった。

「ああ、あんたか」

　その人——弥琴の母、日下部央乃《ひろの》は、弥琴に目を留めると、なんの感動もなくそう呟いた。

　十七年振りに会うが、弥琴だと気づいたようだ。十七年振りに会うのに、あまりに素っ気ない第一声だった。

「何してるの」

　弥琴が問うと、央乃はひじ掛けに頬杖を突いた。

「仕事」

「そうじゃない。なんで、この家にいるのって訊いてるの」

「別に。大した理由はないけど、なんか気が向いてね。しばらく住むことにした」

「出てって。ここはもう、お母さんの家じゃない」

「兄さんの許可は取ってるよ。あたしの家じゃないけど、あんたの持ち物でもないんでしょ」

　ならあんたの許可は必要ないと、央乃は口もとに笑みを浮かべながら言った。

「……」

　弥琴は肩で息をした。呼吸が震えている。

　懐かしさなど微塵もない。そんな綺麗なものではなく、もっと汚く重い感情が熱を持って体の中心から湧き出てくる。

「おじいちゃんとおばあちゃん、もう死んじゃったんだよ」

できる限り声を抑えて言った。

央乃の表情はほんの少しも揺るがなかった。

「ああ、兄さんから聞いたよ」

「ふたりのお葬式にも帰って来ないで、どこで何してたの」

「仕方ないでしょう、知らなかったんだから。知ってたらさすがに帰って来たよ」

「連絡先を教えなかったのはそっちでしょ！」

「縁を切ったのは父さんたちだよ。出て行けって言われたんだから、仕方ないじゃない」

央乃は大きなため息を吐いた。口には出していないが、面倒だと言う声が聞こえた気がした。

「父さんたちの死に目に会えなかったのは残念に思ってるよ。でももう過ぎたことを後悔したってどうにもならない。あんたはあたしになんて言わせたいわけ？　泣いてほしいの？　そんなことをして何になるの」

一度逸らされていた視線が弥琴へ戻された。冷めた瞳と目を合わせながら、弥琴は駄目だ、と思った。

この人とは、何があってもわかり合えない。

子どもの頃から大きな隔たりがあった。大人になれば、あるいは消えてなくなるのだろうかとも考えていたそれは、むしろさらに大きくなっていた。おそらく一生消えることはない。

(この人とわたしは、まったく違う人間なんだ)

わかり合おうとすることのほうが間違っているのだ。どれだけ話をしても無駄だった。お互いの考え方が、あまりにもずれているのだから。

「燐さん、帰りましょう」

弥琴は踵を返し、後ろにいた燐の手を取った。

「待て弥琴」

「いいんです。この家にはもう戻りません。あの人に会うことも二度とありません」

央乃が出て行かないのならば自分が出て行く。そして今度こそ、本当の別れとするつもりだった。

「ああ、それでいい。だが少し待て」

燐は弥琴の手を握り返すと、央乃に向き直った。弥琴は眉をひそめ、燐を見上げる。

「母君」

央乃は、燐にも興味を示さなかった。つまらなそうな表情のままで「あんた誰」と言った。

「弥琴の夫の燐だ」

「夫？　弥琴、結婚してたの」

央乃が初めて驚いた顔を見せる。

燐は構わず続ける。

「おれは弥琴を妻に貰ったときから、弥琴の命が尽きるまでそばで生き、支え続けると決めている。夫婦として、共に歩むと誓った。だから母君よ」

燐の瞳が揺らめいた。黒く、人間のものに見せていたはずの瞳が、本来の琥珀色に戻っていた。

人のものではない瞳で燐は央乃を見据え、

「おれが弥琴の家族となる許可をくれ」

と、そう言った。

弥琴は開きかけた唇から、しかし何も言うことなく、ただ隣に立つ横顔を見上げる。

（燐さん……）

古い家に、古い洋楽が流れ続ける。

「許可も何も、あたしはもうとっくにその子の親じゃない。あたしの許可なんていらないよ」

央乃は答える。

「それでもあなたは弥琴を産んだ母だ。弥琴の人生は弥琴のものだが、あなたはそれに責任を負う義務がある。おれの問いに、答える義務があるはずだ」

「義務、ねえ」

央乃は椅子を一回転させた。ふたたびこちらに戻って来たとき、視線は弥琴へ向いていた。

「弥琴、あんたはどうなの」

問われ、弥琴は迷うことなく口を開く。

「……わたしも燐さんと生きていくって決めてる。燐さんと支え合って、これからもずっと一緒にいたいって思ってる。燐さんと、家族でありたい」

燐となら、それが叶うと信じられた。

だから真の夫婦となる決意をしたのだ。

「ふうん」

と、央乃は呟く。そして、

「ならいいんじゃない。弥琴が望むなら。約束したからね、あたしは」

椅子を半回転させ、弥琴たちに背を向けた。

（約束？）

今またこうして再会するまで、央乃はあの日の約束を覚え、果たし続けていたの

あたしよりも、と、それだけを告げ、央乃はいなくなった。

──幸せになりなさい。

弥琴の頭に手を置き、央乃は笑ってそう言った。

いつでも弥琴の望みが叶うことを願う。

りあたしは、どこで何をしていても、あんたや他の家族から縁を切られたとしても、

──あたしが幸せにできない分、あんたは自分の力で幸せを掴みなさい。その代わ

あのとき、何も言わずに玄関に立つ弥琴を振り返った央乃は、ひとつ約束をした。

もりであることを、弥琴は知っていたのだ。

んとなく、行って、い、しまうことを直感していた。央乃がこの家にはもう戻って来ないつ

置いていかれると思ったわけでも、付いて行きたいと思ったわけでもない。ただな

た。

バッグひとつを持って出かけようとした央乃を、どうしてか弥琴は玄関まで追いかけ

央乃が出かけるときに見送りをしたことなどなかった。けれどあの日、ボストン

──ひとつだけ約束をしよう。

けれど、ふいに、央乃が家を出て行った日のことを思い出す。

央乃が言った言葉の意味を、すぐには理解できなかった。

だった。

「……」

弥琴は何も言わなかった。唇を必死に噛み締め、燐の手を強く握っていた。

央乃がもう振り返らないことはわかっていたから、弥琴も母に背を向けた。燐も止めることはなく、弥琴に手を引かれるまま一緒に歩き出した。

古い木の廊下は軋《きし》む。窓の開け放たれた家に、夕暮れ時の風が吹く。

「おめでとう」

玄関の戸を閉める直前、そう聞こえた気がしたけれど。

弥琴は、聞こえなかった振りをした。

＊

近くの墓地にある祖父母の墓に参ってから、もう一度伯父の家に行って挨拶をし、伊月に駅まで送ってもらった。コンビニに寄って行くと言って先に伊月を帰す。手を振って見送り、水色の軽自動車が見えなくなったところで、弥琴と燐は黄泉路横丁の出入り口のある三叉路まで向かった。

「今日の夕飯はすき焼きにするか」

すっかり日の暮れた道を行きながら、燐がなんとはなしに呟く。

「いいですね。お肉ありますし」

「あ、だがしいたけがなかったな……まあ、えのきがあるからいいか。多少の妥協は必要だな」

「かまぼこがあるのでそれ入れちゃいましょう」

街灯と家の灯りに照らされた三叉路の、道と道の間。本来なら進めない場所へ一歩足を踏み出すと、白い靄に包まれ、やがて黄泉路横丁の大門の前に出た。

暗くなった黄泉路横丁にはすでに提灯が灯され、多くのあやかしが通りに出て来ている。だが、今日はいつもと少々様子が違う。

「ん？　みんな何してるんだろう」

あやかしたちは、ひとところに集まって何かを見ているようだ。誰かが珍しい酒でも仕入れたのだろうか。

「ああ、もうそんな時季か」

燐には見当がついているらしい。弥琴は首を傾げながら、いつもの姿へと戻った燐と共に、真っ直ぐに続く通りを歩いて行く。

「あ、燐様と奥方がお帰りになったぞ！」

一体のあやかしがふたりに気づいた。すると、あやかしたちの中心から、見覚えのある顔がぴょこりと飛び出し、大きく手を振った。

「おぉい、燐！　弥琴さん！」

「瑠璃緒《るりお》さん！」

黒い袴に同じく漆黒の大きな翼。八大天狗のひとりである比良山《ひらさん》の次郎坊《じろうぼう》の息子、瑠璃緒だ。

現在、愛宕山《あたごやま》で一人前の天狗になる修行をしている瑠璃緒は、燐と弥琴にとって大事な友人のひとりであった。

「瑠璃緒さん、いらっしゃってたんですね」

「ああ。毎年恒例の届け物をしにな」

「届け物？」

そうだ、と言って、瑠璃緒は足元に置いていた大きな木箱の蓋を開けた。

中には野球ボールほどの大きさの、楕円《だえん》形の白い物体がいくつも入っていた。

周囲のあやかしたちは「おお！」と声を上げたが、弥琴にはこれが一体何であるのかさっぱりわからなかった。

「今年は多いな」

燐が木箱を覗きながら言った。瑠璃緒が「だろ」と自慢げに答える。

「去年の養分がよかったのか、今年は子どもが多く生まれたんだよ。おれは去年いっぱい羽化させたからな。今年も頑張るぜ」

「そのわりにおまえの願いはいつまで経っても叶わんじゃないか。やはりこれは迷信か?」

「うるせえな!　ったく、せっかくおまえが弥琴さんに見せたがるだろうと思って、帰って来るまで待っててやったのによ」

「感謝してやろう」

「上から目線やめろよ!」

怒鳴る瑠璃緒を無視して、燐は白い物体をふたつ手に取り、ひとつを弥琴に渡した。

「これは愛宕山に棲息《せいそく》する『星合虫《ほしあいむし》』の繭だ。虫と言っても、あやかしの一種なんだが」

「繭、ですか」

言われてみれば、白い物体はふわふわとしており、毛のような質感がある。虫はそこまで得意ではないが、さほど嫌な感じはしなかった。

「こいつらは少し不思議な成長の仕方をする。願いを養分にさなぎから成虫へ変わるんだ」

「願い?」

「ああ。だから愛宕山の天狗たちは、毎年この繭を拾い集めては願いを与え、羽化させる」

「でも数が多いからおれたちだけじゃ手が回らなくてな、そんで黄泉路横丁にお裾分けに来てんだよ」

　瑠璃緒はそう言って、周囲のあやかしたちにさなぎを配っていく。

「見ていろ弥琴。なかなかに、粋な景色が見られるぞ」

　空は暗く、星がいくつも浮かんでいる。その下で、あやかしたちは真っ白の繭を両手に包む。

　瑠璃緒も同じようにした。大切に繭を包み込み、まるでそこに命を吹きかけるかのように唇を寄せ、言葉を送る。

「早く一人前の天狗になって里のみんなを守れるように」

　願いがさなぎに込められた。その瞬間、繭の内側から淡く黄金色の光が溢れだす。

　白い繭の一部が破れた。中から、蝶《ちょう》が顔を出した。

　光り輝く羽を持つ、とても綺麗な蝶だった。

　羽化した星合虫は、繭の上で畳まれた羽を大きく広げる。瑠璃緒はそれを待っていたかのように、

「比良山の瑠璃緒」

　と自らの名を呟いた。

そして、羽を開いた蝶を、夜空へはばたかせる。

「わあ！」

輝く羽の美しい蝶は、光の軌跡を描きながら空を彩った。

他のあやかしたちの手からも次々に羽化していく。一匹、二匹、やがて、数えきれないほどの蝶が空へ舞う。

星よりも強く、願いを乗せながら輝く蝶は、そして瞬く間に黄泉路横丁の空を埋め尽くした。

言葉も出ないほど幻想的で美しい光景に、誰もが目を奪われ、自然と笑みを浮かべる。

「弥琴、おれたちもやろう」

「はい、そうですね」

弥琴は繭の表面を撫でた。ほのかにぬくもりを感じる。この中にいるさなぎも、弥琴の願いで羽化するのだろうか。

「さっき、瑠璃緒さんが名前も言っていましたけど」

「星合虫は、聞いた願いを叶えるためにいつか戻って来ると言われている。そのときに迷わず自分のところへ来るようにと、いつからか名を伝えるようになったんだ」

「へえ……そっか」

燐が繭を両手に包んだ。目を閉じながら唇を寄せ、今一番に願うことを繭で眠る虫へ伝える。

「弥琴と、いつまでも幸せに暮らせるように」

燐の願いを聞いた星合虫は、目を覚まし、繭を割って外に出た。大きな羽は眩しいほどの鮮やかな光を放っていた。

「日下部燐」

名を告げると、蝶は空へはばたいた。光がたくさんあるから、三度も瞬きすれば、どれが燐の蝶だったかわからなくなってしまった。

(日下部、燐)

弥琴は心の中で、燐が言った名前を繰り返した。燐が弥琴の苗字を名乗ったことに言いようのない嬉しさを感じていた。

同じ名は、家族の証。

希望も絶望も分け合い、幸福を拾い集めながら共に生きると誓った、証。

「燐さんと、ずっと一緒にいられますように」

願わなくとも、叶うことはわかっていた。だが願うなら、これがよかった。

「日下部弥琴」

丸く可愛らしい目をした蝶が、めいっぱいに羽を広げ、飛び立っていく。遮るもののない空に、どこまでも遠く。遠くまで。

「……燐さん」

「ん？」

呼びかけると、燐は必ず振り向いてくれる。自分を見るときの優しい表情が、弥琴は好きだった。

「燐さん」

「ふふ、どうした？」

弥琴は燐の頬に触れた。そして少し背伸びをして、燐の唇にキスをした。

燐が驚いた顔をする。弥琴は、燐の珍しい表情についつい笑ってしまった。

「ずるいぞ、弥琴」

「何がですか」

「おまえ、変なところで積極的なのだから」

輝く蝶が生み出す景色に、あやかしたちは夢中になって見入っている。その中で、弥琴の目には、たったひとりの姿しか映っていなかった。そのひとの目にも自分しか映っていないことが嬉しかった。

今を、とても幸せだと感じる。きっとこれから先、もっと、想像もできないような幸福が訪れるのだろう。

あなたと共に生きる限り。

「燐さん」

「今度はなんだ」

「好きです」

もう燐は驚かなかった。どこか呆れたように笑いながら、「おれもだ」と呟いた。

どちらからともなく目を瞑《つぶ》り、今度は燐のほうから触れた。

何気ない幸福な日々が今日も訪れる。そしてまた、明日へと続いていく。

今日が未来の始まり。

いつだってふたりの、特別な日。

――――本書のプロフィール――――

本書は書き下ろしです。

小学館文庫

猫《ねこ》に嫁《よめ》入《い》り
～忘《わす》れじの約《やく》束《そく》～

著者　沖《おき》田《た》円《えん》

二〇二一年六月十二日　　初版第一刷発行

発行人　飯田昌宏
発行所　株式会社 小学館
〒一〇一-八〇〇一
東京都千代田区一ツ橋二-三-一
電話　編集〇三-三二三〇-五六一六
　　　販売〇三-五二八一-三五五五
印刷所――――凸版印刷株式会社

ISBN978-4-09-407029-3